ホーンテッド・キャンパス
なくせない鍵

櫛木理宇

角川ホラー文庫
19039

CONTENTS

HAUNTED CAMPUS

八神森司《やがみ しんじ》
大学二年生（一浪）。超草食男子。霊が視えるが、特に対処はできない。こよみに片想い中。
灘こよみ《なだ こよみ》
大学二年生。美少女だが、常に眉間にしわが寄っている。霊に狙われやすい体質。
introduction
イラスト／ヤマウチ シズ

黒沼泉水《くろぬま いずみ》

大学四年生。身長190cmの精悍な偉丈夫。黒沼部長の分家筋の従弟。部長を「本家」と呼び、護る。

黒沼麟太郎《くろぬま りんたろう》

大学院生。オカ研部長。こよみの幼なじみ。オカルトについての知識は専門家並み。

三田村藍《みたむら あい》

大学四年生。オカ研副部長。身長170cm以上のスレンダーな美女。アネゴ肌で男前な性格。

小山内陣《おさない じん》

歯学部二年生。甘い顔立ちとモデルばりのスタイルを持つ好青年。こよみの元同級生。

板垣果那《いたがき かな》

他大学の三年生。森司とは高校三年間、同じクラスだった。さばさばした性格。

HAUNTED CAMPUS

Characters

プロローグ

HAUNTED CAMPUS

「なんか、ぜんぜん年の瀬って実感ないわよね」

うーんと伸びをしながら、副部長の三田村藍《みたむらあい》が言った。

部室のうすい窓ガラスの向こうには、師走《しわす》の曇り空がひろがっている。今月はじめに初雪を見たものの、その後は氷雨つづきでいまだ積雪の気配はない。

年末らしく寒いことは寒いが、街角のショウケースはいまだクリスマスの名残りが色濃い。いまどきは店が三が日いっぱい休むわけでもないから、食料を買いだめする必要もなかった。

かろうじて正月らしいのは、テレビでさかんに流される『初売り福袋』や『コンビニお節』のCMくらいのものであった。

「子供の頃ってもうちょっと、正月って厳粛な空気あったような気がしますけど。でもお年玉もらう歳じゃなくなると、一気に〝関係ない行事〟って感じになりますよね」

八神森司《やがみしんじ》はそう相槌《あいづち》をうった。

「とくにうちみたいな、お節つくったり着物着たりする習慣のないサラリーマン家庭は正月気分皆無ですよ。母はふだんと変わらず勤務だから親戚《しんせき》まわりもないし、実家で箱根《はこね》駅伝見ながら、親父と餅《もち》食うくらいです」

「いいなあ。ぼくもそういう楽なお正月を経験してみたいよ」

愛用の椅子にもたれて、黒沼麟太郎《くろぬまりんたろう》部長が大げさなため息をつく。

「うちは盆と年末年始は連日連夜、親戚が寄り集まってひたすら宴会、宴会、宴会だからね。朝昼晩と三食仕出し料理で、お誕生席みたいな上座に座らされて、挨拶《あいさつ》につぐ挨拶。お酌につぐお酌。お酒弱いって言ってるのに聞いちゃくれないし、あんまり無下にことわっても角が立つしで、本番の元日を迎える頃にはもうげんなりだよ」

「ま、田舎の総本家の宿命だな」

と肩をすくめたのは黒沼泉水《いずみ》だ。

他人《ひと》ごとのような言いぐさだが、彼はその「総本家」の、分家筋の従弟《いとこ》である。つまり父親同士が実兄弟ということだ。

「そういや泉水ちゃんのおにいさんって、お正月も帰ってこないの？　だったら長男の代わりに、次男の泉水ちゃんが宴席に出ろとか言われない？」

藍の問いかけに「言われねえなあ」と泉水はあっさり首を振った。

「豪勢にやってんのは本家のとこだけだからな。さすがに親父は招《よ》ばれるんで毎日酔っぱらって帰ってくるが、おれ個人は八神んとことそう変わらねえ正月だ」

「じゃあ、こよみちゃんは？」

と藍は最後の部員、灘《なだ》こよみに話を振る。

「うちはお節をつくって、家族みんなで紅白を観るだけです。子供の頃は祖父母の家に集まって書き初めしたり、お年玉もらったりでしたけど、代替わりしてからはそれもなくなってしまって」

「そっかあ」

しばし腕組みして考えこんでから、

「じゃあさ、みんなで二年参り行きましょうよ。新年を迎える瞬間にオカ研メンバーが勢ぞろいって、いい記念になりそうじゃない？」

と藍が提案した。

「え？」

途端に部長が目を剝《む》いて問いかえす。ばたばたと両手を振って、

「それ、ぼく無理だって。大晦日《おおみそか》はぜったい抜けられない。無理無理」

「だから部長抜きでよ」

「そんなあ」

部長が世にも情けない顔になる。

二年参りとは、こちらの地方で主に使われる言葉である。初詣《はつもうで》の一種で、大晦日から元日に変わる零時をまたいで参詣《さんけい》することから、「二年にわたって参る」という意味を

こめてこう称されるらしい。

せめてべつの日にしようよ、とぶうぶう反対する黒沼部長を無視して、藍がかたわらの泉水に向きなおる。

「泉水ちゃんはどう。大晦日ってバイト入れてる？」

「入れてるが、さすがに深夜までじゃねえな」

「で、こよみちゃんと八神くんはとくに予定ないのよね。決まりー。じゃあ零時三十分前に、四人で大学正門前に集合ね。あたしが車出すから、もし時間が余るようだったらお社さま近くのファミレスで待機して……」

「え、ちょっと待って。本気でぼく、仲間はずれなの？」

めずらしく、部長が青い顔になって言った。


部室から一歩外へ出ると、てきめんに吐く息が白くなった。

冬ともなると雪国の空は厚い雲でぴったりと蓋《ふた》され、見わたす限り灰白色だ。陽が落ちれば夕焼けの色を経ずただ暗くなり、空の色も見せぬまま、世界はとっぷり夜闇に包まれる。

「藍さん、ほんとに部長抜きで初詣行く気なのかな」

森司がつぶやくと、

「それはないと思います」

と、横を歩くこよみが言下に否定した。

「部長はきっとどんな手を使ってでも抜けてくるはずですし、藍さんと泉水さんだって口ではああ言ってますが、いざとなれば全面協力するでしょうし」

「そっか、そうだよな」

なんとはなし、ほっとした。なんだかんだ言っても、雪越《せつえつ》大学オカルト研究会の中心は黒沼部長なのだ。彼がいない集まりではどことなく尻《しり》の据わりが悪い。

森司はマフラーを巻きなおして、

「灘は着物……は着てこないよな？」

と、なるべくさりげなく訊《き》いてみた。もちろんそこはかとなく期待をこめた問いである。しかしこよみはあっさり首を振って、

「うち、和服文化のない家なんです」

と言った。

「三月の成人式に着る振袖《ふりそで》も、親戚から貸してもらう約束をやっと取りつけたくらいで。自分の着物ってほんとうに一枚も持ってないんです」

そういえば夏合宿で着た浴衣《ゆかた》も藍からの借りものだったな、と森司は思いだす。

だがそう言う森司の家とて、まともな着物など一着もない。両親が着ているのを見た覚えもなければ、森司自身、七五三でも成人式でも着なかった。

ちなみにわが県の成人式は一月開催の市町村のほうがすくない。一月は積雪が多く全

体に天候不順なため、三月開催だったり五月開催だったり、はたまた八月だったりする。そして森司とこよみの生まれ育った市は、例年三月が式典であった。

「でもまあ初詣は混むし、動きやすい格好のほうがいいよ。成人式に振袖着れるなら、じゅうぶんじゃないかな」

森司の言葉に、こよみが首をかしげた。

「先輩は今年、成人式でしたよね。スーツで行きました?」

「ああ、うん。たいしたスーツじゃないけど」

森司は苦笑した。

最初はかちっとしすぎていると恥ずかしいかと、ノーネクタイでだらっとカジュアルに行こうと思っていたのだ。だが出がけに母親に「みっともない」と大反対されてしまい、しかたなくネクタイを締めて会場入りした。すると予想以上にみんなきちんとした格好で、

「ああ、おれもちゃんとしてきてよかった」

と内心こっそり母に感謝したものである。

中には茶髪に紋付袴《はかま》や、ホストばりの原色スーツのお調子者もちらほらいた。が、とくに騒ぎもなくおおむね平和な成人式であった。その後は中学時代の同級生と集まっての飲み会に雪崩れこみ、

「おまえ、どこの大学行ったんだ」

「彼女はいるのか」

「就活はどんな具合だ」

と、よってたかって腹の探りあいになった。

だが森司はなんとか「ああ、そういや浩太《こうた》とこないだ、道で偶然に再会してさー」と無理やり話題を変え、矛先をかわすことに成功した。彼女はいない、などと正直に答えて、

「じゃあ狙ってる女はいるのか」

「合コンのお持ちかえり率は」

などと根掘り葉掘りされてはたまらない。好きな子は確かにいるが、その子について軽がるしくふれまわる気にはなれなかった。

そうして当の彼の想い人である灘こよみが、いつもの抑揚ない声で言う。

「男の人のスーツっていいですよね」

「いやあ、女の子の振袖のほうがずっといいって」

「そうでしょうか」

「もちろん。十倍――いや、百倍いいよ」

きっぱりと森司は断言した。

お世辞でなく本心だった。なにしろ女の子の着物姿というのは、非日常的な華やかさがあっていかにも「目の保養」といった趣がある。さらにそれがこよみのものであるな

ら、もっといい。

なんとかして彼女の振袖姿を拝めないものか、成人式にもぐりこめないものかと胸中で思いをめぐらせていると、視界の端に鈍い銀いろがひらめいた。

彼の視線に気づいたのか、こよみがバッグから出したキイケースをちょっと持ちあげて、

「ありがとうございます。さっそく使ってます」

と微笑する。

「あ、いやそんな。こっちこそ、使ってくれてありがと」

へどもどと森司は言い、気恥ずかしくなってマフラーに鼻先を埋めた。

このキイケースは、今年のクリスマスに彼自身がこよみに贈った品だ。なにを買うか迷いに迷った末のセレクトである。いちおうブランドものだが、そのブランドもあまりに高級だと「重い」と引かれてしまうかと思い、リサーチにリサーチを重ねて熟考の上、厳選したつもりだった。

さいわい喜んで受けとってもらえたが、それまでの過程はまさに血と汗と涙ならぬ、労働の汗と冷や汗の結晶と言える。だがそんな苦労などおくびにも出さず、

「女の子の一人暮らしだから、鍵《かぎ》は大事かと思ってさ」

と、なるだけ涼しい顔をつくって森司は言った。

こよみがトレードマークの眉間《みけん》の皺《しわ》を深くして、

「でもあらためて振りかえってみて、わたし、自分があまり鍵を持っていないことに気づいてしまいました。このケースにもまだ四本しか入れてないんです。これがアパートの鍵で、これが実家の鍵で、あとこっちが机の抽斗《ひきだし》の鍵で」

滔々《とうとう》と述べたてる彼女を、慌てて森司はさえぎった。

「灘、それ言っちゃだめだって！　防犯上！」

「あ、すみません」

こよみが掌《てのひら》を口にあてた。

「でもいまは先輩しか聞いてませんでしたし」

「いやいやいや、安心しちゃだめだって。おれだって、そんなに安全な男ってわけでもないんだからさ」

「そうなんですか？」

無心の問いかけに、一瞬森司はぐっと詰まった。もちろん、と力強く言おうとしたが、あいにく口から出てきたのは、

「ああ、いや……どうだろ」

という煮えきらない一言のみであった。

われながら情けない、と思いつつ目線を落とす。と、そこにも銀に光るものがあるのを彼は見つけた。鍵だ。それも剝《む》きだしの鍵である。舗道脇の、花壇の陰にぽつねんと転がっている。

身をかがめ、拾いあげた。おそらく自宅かアパートの鍵だろう。キイホルダー代わりか、ちいさな鈴の飾りがついていた。

こよみが覗《のぞ》きこむようにして、

「落としものですか」

「そうみたいだ。なくした人、困ってそうだよな。学生課に届けておくか」

と答えたちょうどそのとき、正門の向こうから男がひとり駆けこんでくるのが見えた。手でさわれそうなほど濃く真っ白い息を吐きながら、

「すみません、あの、このへんに鍵が落ちてませんでしたか」

と、凍えた舌をもつれさせながら言う。

「これですか」

森司が差しだすと、目に見えて男の顔が安堵《あんど》でゆるんだ。

ありがとうございますありがとうございます、とぺこぺこ何度も頭をさげ、受けとったあとも、振りかえっては会釈を繰りかえして去っていく。

その背中を見送って、

「べつになにもしてないけど、なんかいいことした気分だな」

「いえ、いいことしたと思いますよ」

「そうかなあ」

「だってこの寒空に、閉めだされたらたいへんじゃないですか」

「ま、そりゃそうか」

のんびりと会話を交わしながら、ゆっくりゆっくりとふたりは大学の正門を出た。

かの人物にその後ふたたび出会うことになるとは、そのときはまだ、森司もこよみも知るよしもなかった。

第一話　嗤《わら》うモナリザ

1

「モナリザって、どう思います?」

尾《お》ノ上《うえ》と名乗った男は、椅子に座るやいなやそう言いはなった。

ところは雪越大学の部室棟でもいっとう北端に位置する、オカルト研究会の部室である。

大学構内の最北端に建つ部室棟は、鬱蒼《うっそう》とした木々に囲まれて夏でも薄暗い。真冬ともなれば屋根からは極太のつららが垂れさがり、窓が凍って開かなくなることもざらだ。

とはいえオカ研の部室は、たいがいいつ来てもあたたまっている。部長の黒沼麟太郎が、アパートにも帰らずつねに居座っているためである。

部屋の隅では加湿器がしゅんしゅんと勤勉に蒸気を吐き、部屋の中央に鎮座する長テーブルには焼菓子やチョコレートが山と盛られている。

来客がなければほとんど「お茶会サークル」と称しても違和感ないような有様だが、壁に貼られた魔術師アレイスタ・クロウリーのポスターと、超自然現象に関する本がみっしり詰まった本棚がかろうじてオカルト研究会らしい空気をかもしだしている。

そうしてその部室を本日訪れた客が、冒頭で問いを発した、法学部四年の尾ノ上という男子学生であった。

創文サークルの淡路《あわじ》部長からの紹介でやって来たはいいが、妙にせかせかしたオーバーアクトの男で、

「どうもはじめまして。絵画愛好会の代表者、尾ノ上と言います。法学部で、今年四年になります。もうすぐ卒業です。あ、言っておきますが部長じゃなくてあくまで代表者ですからね。うちは部長とか副部長とか、そういうシステムがないんです。なんでかと申しますと……」

と部室に入るなり早口でまくしたててきた。

それをなんとかなだめすかし、椅子に座らせた途端に、冒頭の台詞《せりふ》である。

黒沼部長はちょっと首をひねって、

「――モナリザかあ。どう思う、といきなり言われてもね。まあ、万能の天才レオナルド・ダ・ヴィンチの作品の中でも、きわだって有名な作品ではあるよね」

と答えた。

「ダ・ヴィンチが死ぬ間際まで手もとに置いていたのが『聖アンナと聖母子』、『洗礼者ヨハネ』とそして『モナリザ』の三点だったそうだ。三枚とも非常に謎めいた絵だが、ただ女性が笑顔でこっちを向いているだけの構図であるモナリザが、もっともミステリアスに見えるというのは面白い話だよねえ」

「うちの父の書斎には、『洗礼者ヨハネ』の複製画が飾ってあります」

部長の前にコーヒーを差しだして、こよみが口をはさんだ。

「父が言うには、『このヨハネは、男のようにも女のようにも見える。モナリザも同様だが、ヨハネのほうは美しさが勝っているのに、モナリザは不気味さのほうが勝っているように思えて苦手だ』だそうです」

「あ、それあたしも思う」

藍が声をあげた。

「きれいなことは確かにきれいだけど、毎日じっと見つめてたい顔じゃないのよね。小学校の頃、美術室にでっかい複製がかけてあったけど、『夜中に絵から抜けでて歩きだす』とか、『放課後に見ると口をあけて笑ってることがある』とか、学校の怪談的な噂のバージョンいくつも持ってたもん」

「おれの通ってた中学にもありました、その手の噂」

森司が片手をあげて、

「それと、モナリザって遠くからだと、どの角度から見ても目が合うじゃないですか。でも近くに寄ってみると微妙に目線が合わなくなるんです。自分を通りこして、背後のなにかを見てる感じなんですよ。ああ、いまおれの後ろにいるのかなーって、すごく振りかえりづらくなったことを覚えてます」

と複雑な顔になった。

その顔つきのわけは、彼がいわゆる〝霊感体質〟の持ちぬしだからだ。視《み》えざるものが視え、幽《かそ》けきものを感じとる能力がある、というやつである。

だがあいにく、それだけだ。

視えても「ああ、いるな。いやだな」と思うだけで、お祓《はら》いも除霊もできない。おまけに人一倍怖がりで、ホラー映画もスプラッタも大の苦手ときている。

同じく「視える」体質の部員はあともうひとり黒沼泉水がいるが、今日も今日とてバイトで不在だ。四年になってからというものバイトと研究室の掛けもちで、彼はよりいっそう多忙になってしまったようである。

唐突に尾ノ上がぱん、と手を叩《たた》いた。

「――とまあ、こんな具合です」

「は？」

藍が目をまるくした。

尾ノ上が気取った口調で、

「つまり絵にはたいした興味のない人でも、モナリザと聞けばこんなふうになにかしら感想があったり、思い出ばなしがあったりするってわけですよ」

と言い、皆をぐるりと見まわす。

「そこで本題に入りますね。じつは先日、ぼくの卒業記念も兼ねまして、大学近くのアートギャラリーを貸しきって展示会をひらいたんです。そのテーマがずばり『モナリザ』でした」

「ああなるほど。そこに話がつながるわけね」

部長が微笑んだ。

尾ノ上は得たりとうなずいて、

「そうなんです。かの微笑む美女をモチーフにして、部員全員がそれぞれ好き勝手に描いてみた次第でね。茶髪でギャル服のモナリザだったり、ポーズは同じで顔だけが自画像だったり、はたまた流行《はや》りのアニメ絵だったりです。まあ、モナリザをお題としたパロディ大会みたいなものと考えていただければわかりやすいでしょう」

こよみから湯気のたつカップを受けとると、

「その上で、展示した中でどれが気に入ったかを、ギャラリーに来たお客さんに投票してもらうという趣向になっていました。『いちばん票を集めた作者に金一封、そいつに投票したお客の中からも抽選で商品券プレゼント』って宣伝してみたところ、商品券につられたのか、なかなかの賑《にぎ》わいになりましてね。金一封もろもろのぶんを差しひいても、入場料だけで文句なしの黒字です。というわけで、そこまでなら展示会は十二分に成功と言えました」

と尾ノ上は大仰な身ぶりで言いきった。

部長が指を組んで、

「でもうちに来たということは、結局めでたしめでたしとはいかなかったわけだ」

と目を細める。

「……ま、そういうことです」

尾ノ上は苦笑した。

「うちの部員はぼくも入れて総勢十六人。つまり十六枚のモナリザが、ばーっとギャラリーの壁に並んだわけです。けど、その中の一枚がね。お客さんにひどく不評で」

「不評？　どんなふうに？」

部長が問いかえす。

尾ノ上は心外そうに眉根《まゆね》を寄せ、

「それがみんな、口をそろえて『怖い』、『気持ちが悪い』って言うんですよ。でもね、ぼくが見るに、べつになんてことない無難な絵なんです」

「下手だからじゃないの？」

と藍がみもふたもないことを言う。

しかし尾ノ上はかぶりを振り、

「いやあ、彼の絵はうちじゃうまいほうですよ」

と大真面目に反駁《はんばく》した。

「わがサークルは〝愛好会〟と銘打ってるだけあって、うまい人もいれば下手な人もいます。こう言っちゃなんだが、彼より下手でデッサンも顔も歪《ゆが》んでる絵なんてほかに何枚もあったんですよ。おまけに中には骸骨《がいこつ》のモナリザだの、ゾンビになったモナリザなんて悪趣味なしろものも混ざってたくらいでね。そっちに苦情が寄せられるなら、ぼくだって納得いくんですが……」

「でも苦情が来たのは、彼の描いた作品だけだった、と？」

部長が問うた。

「そうです。しかも一人二人じゃない。開催期間は一箇月こっきりでしたが、その間になんと二十件以上のクレームがついたんですよ。これってけっこうな数でしょう」

「ふうむ」

黒沼部長は顎《あご》を撫《な》でて、

「ちなみにその苦情のまとになったっていうモナリザは、どういう趣向で描かれた作品なの？」

「ごくふつうですよ。自分の彼女をモデルにしたとかで、モナリザと同じポーズをとっている女の子が描かれてるってだけの絵です。謎めいた微笑というより、〝ちょっと困ったような顔で笑ってる〟って感じでね。なかなか可愛らしいんだ」

森司がふたたび右手をあげ、発言した。

「あの、クレームの内容はぜんぶ同じなんですか。気味が悪いとか、怖いとかいうそれだけ？」

「まあ、そうですね」

「開催期間はもう終わってるんですよね。ならこんな言いかたはあれですが、それくらいべつにどうってことないんじゃ……」

と森司が言いかける。しかしその台詞《せりふ》が終わらぬうち、尾ノ上は恨めしげに彼をじろりと見やって、

「どうってことないなんて、ひどいですよ」

と大げさなため息をついてみせた。

「こちらはオカ研のみなさんとは違って、この手の出来事には慣れてないんです。『それくらい』だの『どうってことない』なんて言わずに、もっと親身になって耳を傾けてくれてもいいじゃないですか。薄情だなあ」

「ああ、そ、そうですね。気が利きませんで、あの、いたらぬことを申しました」

慌てて森司は頭をさげた。

尾ノ上が、「ま、いいですけど」と矛をおさめる。森司は胸を撫でおろした。しかしいちいち言動が芝居がかった男だ。リアクションが逐一大げさで、傍で見聞きしているだけでもこっちの心臓に悪い。

「それで、どうなったんですか」

ガラスのコーヒーサーバを手にしたままのこよみが、冷静に訊《き》く。

「寄せられた苦情が、ただの苦情ではなさそうだからうちにお見えになったんですよね？」

「はいそうです。そういうこと」

一転して愛想よく尾ノ上がうなずいた。膝《ひざ》にのせたかばんをごそごそと手探り、彼が取りだしたのはクリップでとめられたB5判ほどの紙束だった。

「これが実際に、投書箱へ寄せられた苦情です。ちょっと読みあげますね。ちなみに九番というのが、例の絵です」

と一同に宣言してから、

「まずいちばん初めの投書。開催四日目にもらったものです。『九番の作品ですが、じっと見ているといやな気持ちになってきます』。つづいて五日目の投書。『九番は嫌いです』、『九番ははずしたほうがいいのでは？　なんかあの絵だけ、へんな感じです』。六日目の投書。『九番はなにか仕掛けがあるんですか？　だまし絵？』、『下手ではありませんが、九番は絵として魅力がないというより、不快です』……」

と朗読しはじめた。

二枚ぶんほど朗読して、言葉を切る。

「とまあ前半の二週間は、こんな感じで過ぎました。だが十八日目の投書から、内容がちょっとばかり変化します。まず一通目が『悪ふざけはやめてください』。二通目は『九番の顔が、目に焼きついて離れません。家に帰ってからもまぶたの裏にちらついています。サブリミナル効果か何かの実験ですか。だとしたら事前に告知しておいてください』。

二十日目の投書ともなると、『あの絵はなんなんですか。吐きそう』、『なんのつもり。

笑えない。いいかげんにして。大学に苦情入れます』。二十一日目。『昨日、九番に入れた票は無しにしてください。帰宅後、そっくりな女の人が二階の窓から覗《のぞ》いていました。これ、そちらの企画かなにかのお遊びですよね？　もし万が一、そうでないならお返事は不要です』。二十二日目『いたずらはやめて』、『警察に言いますよ』、『九番の絵をはずしてください。ギャラリーにもお願いの電話をしました』……」

　部室に数秒、沈黙が落ちる。

　尾ノ上が顔をあげて、

「──とまあ、こんな感じです」

　と苦笑した。

「さすがのぼくもちょっと怖くなりましてね、最後の一週は九番の絵をはずさせてもらいました。そしたらクレームは見事にぴたりと止まった。最終日もなごやかなもんでしたよ。投票結果を発表して、描き手に金一封を授与して、投票箱の中からそいつに当選者を選ばせて、拍手喝采《かっさい》でフィナーレです。こんなわけで、はじまりと終わりは非常によかったんですが──」

「で、尾ノ上くんはなにを相談したいの？」

　部長がずばりと言った。

「卒業記念の展示会は、間にクレームこそあったものの無事終わったんでしょ？　だったらやっぱりうちの八神くんが指摘したとおり、それで済ませりゃいいんじゃないかと思うんだけど」

「いやあ、そういうわけにいきません」

尾ノ上は眉《まゆ》を八の字にして手を振った。

「〝遠足は家に着くまでが遠足〟じゃないですが、この場合は〝絵の顚末《てんまつ》を見届けるまでが展示会〟です。ああまで言われた絵を本人にそのまま引きとらせていいものか、それとも焼きはらったほうがいいのか、いやその前にお祓《はら》いでも——と悩みまして、こちらにうかがった次第なんですよ。ともかくどう処分していいか、皆目見当がつかない状態でしてね」

「うーん」

部長が唸《うな》って、愛用の椅子の背もたれに体を預けた。

「せっかく頼ってもらったのに悪いけど、オカ研《うち》はお祓いとかご祈禱《きとう》とか、その手のスキルは誰も持ちあわせてないんだよね。そのへん誤解がないように、紹介者を間にはさんだりしてるわけで……そのへんのこと、事前にちゃんと聞いてる？」

「はい」

尾ノ上は大きくうなずいて、

「重々承知です。その点を差しひいてもオカ研は頼りになるから、と淡路から聞いた上で紹介をお願いしました」

と答えた。

「とりあえず一度、実物をご覧になってみてもらえませんか。それを踏まえて、処分如何《いかん》のアドバイスをいただければと思います。ぼくらが見ても正直ただの絵なんですが、専門家のみなさんが見れば、なにか違う答えが出るかもと思いますし」

揉《も》み手《で》せんばかりの、下手《したで》に出た言いぶんだった。

だが描いた本人に絵をひきとらせて「あとは勝手にしろ」と卒業してしまわないあたり、きっと面倒みのいい男なのだろうと森司は思った。いちいちオーバーアクション気味なのはうっとうしいが、悪意がないようなのは確かだ。

部長はいま一度、

「うーん」

と唸ってから、

「……さっきも藍くんや八神くんが言ったように、モナリザに対し『薄気味が悪い』という印象を抱く人はすくなくないんだよね。たとえば有名なところでは、かの夏目漱石《なつめそうせき》が『永日小品』という掌編において、

『気味の悪い顔です事ねえ』『この女は何をするか分らない人相だ。見ていると変な心持になるから、掛けるのは廃《よ》すが好い』

とまで作中人物に言わせている。また美術批評家のベレンソンにいたっては、

『わたしの共感の届く範囲、あるいは関心の領域の外にある女性の、どこかよそよそしいイメージ。用心深く、悪賢く、落ち着きはらい、はじめから充足が約束されている微

笑で見据え、冷淡な優越意識を画面いっぱいにただよわせ……』

と、糞味噌《くそみそ》な言いようだ」

と言った。

「不気味だと感じてしまう理由には、いくつか説があるようだ。たとえばこよみくんのおとうさんが言ったように〝男にも女にも見える〟という点、さらに〝右半面と左半面とでは微妙に表情が違う〟という点。はたまた一見仏像の笑みのようなアルカイック・スマイルに見えて口もと以外はほとんど笑っていなかったり、右目は鑑賞者に据えられているのに左目の視線がずれている点など、さまざまだね。

あとは背景にこまかい隠喩《いんゆ》や寓意《ぐうい》がちりばめられているだのといった、だまし絵のような効果もよく取《と》り沙汰《ざた》される。モデルに関してもいちおうの定説こそあるものの、多くの異説がいまだ根強い。じつはダ・ヴィンチの自画像ではないかという説まであるくらいだ。なにしろ若い頃の彼は、〝絶世の美男子〟だったそうだからね。一説には同性愛者だったとも言われている」

と肩をすくめる。

「モナリザは十六世紀に描かれた作品だが、二十世紀を過ぎても人びとの関心は薄れなかったようだ。一九一三年にはルーブルのそれより十歳ほど若い『アイルワースのモナリザ』が発見されて物議をかもしたし、一九六三年にはアンディ・ウォーホルがシルクスクリーンで三十枚モナリザをつなぎあわせた作品を発表した。かつ二〇〇三年にはダン・ブラウンの『ダ・ヴィンチ・コード』が、世界的なベストセラーになっている」

カップに口をつけて舌を湿らせると、

「なぜここまでこの絵がわれわれを惹《ひ》きつけるのか。それはやっぱり〝謎〟がゆえだろうね。なぞなぞは解かれた瞬間に命を失う。逆に解きあかされない謎は、いつまでも新鮮だ。どんなに古くとも、いや古ければ古いほど、論じられた期間が長く、挑んだ人びとが多いほど謎は価値を増す。ということはこの女性の肖像画はきっと、これからも己の値を高めていく一方なんだろうさ」

そこで言葉を切り、部長は一同を見まわした。

「――というわけで」

目を細め、にっこりと笑う。

「ここはぼくらも、ひとまず与えられた謎とやらを解きに行くとしようか。尾ノ上くんといつまでも押し問答しててもしょうがないもんね」

そう言って、彼は椅子からようやく重い腰を浮かせた。

2

問題の絵は現在、ギャラリーの倉庫にまだ置きっぱなしとのことであった。念のため白い布でぐるぐる巻きにして、いちばん奥に押しこめてあるという。

店長から鍵《かぎ》を借りて倉庫に向かうと、シャッターの前に長身の男が立っていた。

「おう、ごめんな。呼びだしちゃって」

と尾ノ上が片手をあげる。

「いえ。こちらこそ、おれの描いた絵のせいですみません」

そう言って男が振りむく。

色白でやさしげな顔立ちの、なかなかの好青年であった。髪型や服装に派手なところはひとつもない。が、隠しきれぬ品のよさが物腰に漂っている。こちらに向ける笑顔ひとつにも、育ちのいい人間特有のおっとりした鷹揚《おうよう》さがあらわれていた。

「みなさん。彼が例の絵を描いた蓮倉《はすくら》くんです」

手品師のような身ぶりで、尾ノ上がオカ研一同に彼を紹介する。

「どうも、こんなところまでわざわざご足労いただいて」

蓮倉が済まなそうにぺこりと一礼した。その顔があがった瞬間、蓮倉と森司が、

「あ」

と異口同音に声をあげた。

「なになに、どうしたの？」

部長がいちはやく首を突っこんでくる。

「ああ、いいえ、ちょっとニアミスしたことがあって」

森司は頭を掻《か》いた。

こよみと連れだって歩いていて、正門前で鍵を拾ったあのときのことだ。落とし主が、いま目の前にいる蓮倉であった。同じ大学の学生同士なのだからおかしな話ではないだろうが、ちょっとした偶然の邂逅《かいこう》というやつだ。

「そのせつはほんと、ありがとうございました」

蓮倉があらためて森司に礼を言う。

「じつはあれ、婚約者のアパートの合鍵だったんですよ。もらったばかりだったし、もし失くしてたら、いったいどれだけ叱《しか》られる羽目になったか」

と苦笑する彼に、

「婚約者さんて、ひょっとして問題の絵のモデルになってもらったって人？」

と部長が訊《き》いた。

蓮倉がちょっと面食らったように顎《あご》をひいて、

「あ、はい、そうです。せいいっぱいきれいに描いたつもりだったんですが、技術不足で変な顔に仕上がってしまったようで、彼女に申しわけないことをしました」

と言う。

「そんな。わざと描いたわけじゃないならしょうがないわよ。謝ることないって」

と言ったのは、しょぼくれたやつを見ると反射的に元気づけてしまう習性の藍だ。

「好きな男の子に描いてもらえるなら、たとえチラシの裏にボールペン描きだって嬉《うれ》しいもんよ。ね、こよみちゃん」

と話を振られたこよみが、

「はい」

ときっぱりうなずく。

わけもなく森司は赤くなり、顔をそらした。そうか、そういうものか、と内心でつぶやく。むろんおれの描いた絵などを彼女が喜ぶはずもない。ないのだが、今後の万が一のことも考慮して心の隅に刻んでおこう、とひとり決めする。

そんな森司を後目《しりめ》に、部長が質問をつづけた。

「で、きみが描いてる最中に、なにか異常はなかったの？　たとえばラップ現象があったとか、トランスに陥って自動書記状態になったとか」

「え——ラップ？　なんです？」

蓮倉が目をしばたたく。

「ああ、ごめん」

部長が苦笑した。

「ラップ現象っていうのは、現実になにかが壊れたわけでもないのに、どこからか破裂音や破砕音が聞こえてくること。トランスっていうのは一時的に魂が抜けたみたいにぼーっとなっちゃうことで、自動書記っていうのはなにかに憑依《ひょうい》されて、手が勝手に動いて字やら絵やら文章やらを書きつける状態のことね」

浮世ばなれしたその説明をすべて真面目に聞き終えてから、

「いやあ。どれにも覚えがありません」

と、蓮倉はかぶりを振った。

「家でひとりで、ただひたすらにしこしこ描きつづけてたってだけですよ」

「そっか。じゃあ婚約者さんのほうはどうかな。モデルになってもらったということは、目の前で彼女にポーズをとってもらってたんだよね」

「いえいえ、まさか」

蓮倉は手を振った。

「彼女だって忙しいし、さすがに何時間も付きあってもらうわけにいきませんよ。モナリザのポーズをとってもらったのをデジカメで撮影して、その画像を見ながら描いたんです」

「なんだ、そうか」

なぜか部長はがっかりしたようだった。

「デジタル全盛の時代はこういうとこが味気ないよね。——まあそれはそれとして、シャッターの前でいつまでも立ち話もなんだから、そろそろ現物のご尊顔を拝むとしようか」

脇のドアから、まず尾ノ上が先に倉庫へ入った。

中の開閉ボタンを押したらしく、にぶい音をたててシャッターがゆっくりあがりはじめる。

「彼女とは卒業後、すぐ結婚する予定なんです」

低い声で、蓮倉がつぶやくように言った。

「うちは早くに母が死んで父子家庭で、彼女も高校時代にご両親を事故で亡くしています。まだ若いだの、考えが甘っちょろいだのとさんざん言われましたが、早く自分の家族が欲しいという気持ちはおれも彼女も同じです。つつましくふたりで寄り添って生きていきたいと思ってたのに……その矢先に、ちょっとけちがついちゃったな」

とさびしげに笑う。

「なあに。解決しちゃえばあとで笑い話になるさ」

部長はかるくいなして、

「ちなみにその、彼女に〝さんざん言った〟っていうのは、きみの親御さん？」

と訊いた。

「いえ」

蓮倉が目を伏せる。

「じつは、その……おれたち、すこし前にいったん別れてるんです。嫌いでそうなったわけじゃありません。うちの親戚《しんせき》にうるさ型がいて『親なし子なんて家格が違う』だの『家柄が釣りあわない』だのとひどいことを言ったせいで、彼女を傷つけてしまいましてね。でもうちの父が彼女を気に入って、親戚にきつく反論してくれました。おかげでそのうるさ型もしぶしぶながら黙ったし、彼女ともなんとか復縁できたんです」

「家格に家柄かあ。そんな単語がすらっと出てくるということは、蓮倉くんってけっこういい家の子なんだね」

「いやあ、昔は〝いい家〟だったらしいですが、いまはぜんぜんですよ。いわゆる没落旧家ってやつです。人がうるさくて家がぼろいってだけで、なにも得することなんてありません」

「なるほど」

にこりと部長が笑った。

「まさにうちの実家もそうだよ。幸か不幸かまだ没落はしてないけど、ほんと家が古いのとプライドが高いだけで、なーんにもいいことないよね。そんな話を聞かされると、なんだか親近感湧いちゃうなあ」

シャッターががしゃり、と止まった。

薄暗い倉庫の中へ、陽光がななめに射しこむ。すでに絵を探しはじめていたらしい尾ノ上が、

「あった、これです」

と白布に包まれたキャンバスをかかえ、埃《ほこり》にむせながら歩み出てきた。

「すみません。作品に直射日光を当てたくないんで、みなさんもうちょっと前へ」

と彼が手まねきする。

全員が数歩すすみ出たところで、さっと白布が取りはらわれた。

絵の全容が目に入る。ごくふつうの現代的な女性が、椅子に座り、膝《ひざ》に両手を重ねてこちらを見ているというだけの構図であった。

栗色に染められたセミロングの髪。流し目気味に正面へ据えられた視線。服装はカットソーにデニムと、ごく簡素なスタイルである。重ねられた左手の薬指には同じくシンプルなリングが見える。笑みは本家のモナリザのように謎めいたものではなく、どちらかというと苦笑に近いように見えた。

部長がのんびりと訊く。

「展示会は投票制だったんだよね？　この絵、票はどのくらい集めたの」

「クレームでひっこめられるまでは四位でした。ちなみに得票数一位は、『柴犬《しばいぬ》六匹に囲まれたモナリザ』です」

尾ノ上が答えた。

「ふうん」

黒沼部長はあいまいにうなずいてから、

「どう八神くん、なにか感じる？」

と森司を振りかえった。

「いえ、とくになにも」

森司は首を横に振った。

「すくなくとも、びりっとくるような悪意とか、害意のようなものは感じないです」

「そっか。じゃあ藍くんとこよみくんは、どう思う？」

と部長が女性陣に首を向けると、

「どうって、想像してたよりずっと上手だわ。彼女もかわいいし」と藍。

「はい。すてきな絵だと思います」

とこよみも賛同した。

「だよねえ。ぼくもぜんぜん、まったく怖いと思わない」

部長が顎《あご》を撫《な》でて言った。

「怖い絵、というのは世にけっこう多いよね。たとえば聴覚を失ってからゴヤが家にこもりきりになって描いたという一連の『黒い絵』、ヒトラーも愛好したというベックリンの『死の島』。〝死を思え《メメント・モリ》〟のフレーズが流行した十五世紀には、ことに多くの芸術作品において髑髏《どくろ》や死体が扱われた。

ほかにもボッシュやルドン、フュースリなど不気味なモチーフを描いた画家は多いし、ムンクが神経をわずらっていた頃に描かれた作品群も、いまなお絶対的な吸引力がある。残念ながら病気が快癒した途端、ムンクは画家としてまるきり駄目になってしまったけれど」

「アントワーヌ・ヴィールツの絵も有名ですね。『早すぎた埋葬』とか『死の一秒後』だとか」

とこよみが言う。

部長はうなずいて、

「ヴィールツならなんといっても『餓《う》え、狂気、犯罪』がいちばんの〝怖い絵〟だろうね。貧民窟《ひんみんくつ》で気のふれた女が、赤ん坊を鍋《なべ》で煮殺している絵だ」

と言ってから、目の前のキャンバスにしゃがみこんだ。

「でもこう言っちゃなんだが、この蓮倉くんの絵に、それらの作品群と共通するものはなにもないよね。ポーズも平凡、背景もふつう、目つきや表情が見る者を不安にさせるわけでもなく、隠喩《いんゆ》らしきものも見あたらない。しいて言えば、目もとや口もとがちょっと引き攣《つ》って見えるくらいか」

「それは、おれが下手だからです」

と蓮倉が首をすくめた。

「口もとがすこしゆがんで見えますよね。眉《まゆ》のあたりもおかしい。だから苦笑いしてるように見えるんだな。でも描いてる最中って、自分じゃ欠点に気づきにくいんですよ。こうしてすこし時間を置くと、いろいろ粗が見えてくるんですけど」

彼は尾ノ上を振りかえった。

「問題ないようなので、とりあえず家へ持って帰ることにします。じつを言うとまだ、茜音《あかね》に一度も見せてないんだ。そろそろ見せろってせっつかれてるし、オカ研のみなさんのお墨つきも出たみたいだし、もういいですよね？」

とキャンバスに手を伸ばす。

藍が言った。

「茜音さんて、婚約者さんの名前？」

「そうです。彼女も同じく雪大生なんですが、ゼミのフィールドワークで忙しくてギャラリーに来る暇がなかったんですよ。でも年末近くなって、やっと活動も切りあげたそうなので」

「そりゃよかった」

部長が平坦《へいたん》に相槌《あいづち》を打つ。

尾ノ上が口をひらき、なにか言いかけた。が、思いなおしたように唇を閉じた。その脇で蓮倉がキャンバスを布で包みなおし、小脇にかかえる。

わずか一分足らずの間のことだった。

だがその瞬間、森司はぴりっとなにかを感じた。

――いまの、なんだろう。

ごく微妙に、場の空気が変わったような気がする。うまく言えないが、不穏なものがうっすらと靄《もや》のようにたちこめたような。

しかし彼は、気のせいか、とすぐにその直感を打ち消してしまった。

尾ノ上が「閉めますよー」と声をかけ、シャッターの開閉ボタンを押す。いちはやく出た部長たちを追って、森司は慌てて外へ走った。

彼の背後で、音をたてて倉庫のシャッターがぴしゃりとおりた。

3

十二月の氷雨が、安アパートの屋根を激しく叩《たた》いている。

後ろ手に鍵《かぎ》をかけながら、蓮倉はほうっと安堵《あんど》の吐息をついた。

駆けこんだのは、最近恋人から婚約者になった相手、茜音のアパートだ。こういうときは心から、合鍵をもらっておいてよかったと思う。でなければ彼女が出てくれるまで突っ立って待つしかなく、横なぐりの雨で下着までずぶ濡《ぬ》れになってしまう。

「待って待って。ちゃんと足拭《ふ》いてからあがってよ」

という声とともに、タオルが投げつけられる。それを受けとって、

「わーかってるって」

と蓮倉は笑顔を見せた。

「失敗したのは最初のときだけだろ？　それ以降はちゃんと、茜音の言うとおり行儀よくしてるじゃん」

「まあね。でもおぼっちゃまの常識は、いまだにあたしにはよくわかんないから」

と、茜音も笑いかえす。

もちろん彼女も本気で言っているわけではない。

あれは居酒屋ではなく大学の友人の部屋で、はじめて飲み会が開催されたときのこと

だ。蓮倉はびしょびしょの足でためらいなく框《かまち》にあがりこみ、廊下をなかばまで歩いたところで皆に叱責《しっせき》された。だが悪びれもせず振りかえり、

「あ、ごめん。うちだとばあや――じゃなくて、家政婦さんが拭《ふ》いてくれるもんだから、つい」

と言いわけしたせいで、その場にいた女子学生の九割から総すかんを喰《く》った。

そのとき親身になって、

「きみ、ああいう返しかたはよくないよ。問題はそこじゃないんだって」

と真正面から忠告してくれたのが茜音だ。

以来「蓮倉くんはしょうがないなあ」と言いながら、彼女はなにくれとなく世話を焼いてくれるようになった。

姉弟《きょうだい》のような関係から、恋仲になるまでに時間はかからなかった。親戚《しんせき》の反対で半年ほどブランクはあいたものの、いまは無事もとどおり付きあうようになり、父親の了解も得て卒業後は結婚する約束となっている。

「ほい。足拭いたら、タオルと靴下こっちにパス」

「ん、頼んだ」

脱いだ靴下と湿ったタオルをきつく丸めて、蓮倉は茜音の手もとへと投げこんだ。

彼女からメールで「我が家、現在食料なにもなし。救援物資を頼む」とSOSが届いたのが二時間前だ。講義が終わり次第スーパーへ走って、携帯電話で連絡を取りあいな

がら、

「豚バラ安いけどどうする？　鶏がいい？　今日はキャベツが特売だから、たまねぎともやしと、ああそうか、焼きそば買うね。あと納豆と、豆腐と」

と相談の末レジに向かい、店を出て数分歩いたところで、彼は雷雨にみまわれたというわけである。

「買ってきたもの、冷蔵庫に入れとくよ」

いちおう宣言してから、蓮倉はキッチンに入った。

野菜は野菜室へ、今日使わない魚や肉はパーシャル室へ、と分けて収納する。スーパーでひとりで買い物できるようになったのも、こうして冷蔵庫を使いこなせるようになったのも、茜音と付きあいはじめてからのことだ。

それ以前の蓮倉は、まさに世間知らずのぼんぼん息子そのものだった。彼女の薫陶がなければ、いまもきっと彼は牛乳パックの消費期限ひとつ確認できない男のままだっただろう。

蓮倉は立ちあがり、

「なあ、じつは今日、おみやげがあるんだ」

と、洗濯機の前に立つ華奢《きゃしゃ》な背中に声をかけた。

「おみやげ？　なに？」

洗濯機に洗剤と柔軟剤をセットしながら、茜音が生返事をする。

「テレビの前に置いとくから、戻ったら見て」

「んー、わかった」

蓮倉がふたたびキッチンに戻って収納作業をつづけていると、かん高い歓声があがるのが背中越しに聞こえた。

どうやら〝おみやげ〟を茜音は無事確認してくれたらしい。こみあげる笑みを噛《か》みころしながら、蓮倉は部屋を覗《のぞ》きこんだ。

彼女はキャンバスを両手でかかえるようにして、首を曲げたり伸ばしたり、あらゆる角度からためつすがめつ肖像画を検分しているところであった。あらためて蓮倉はほっとした。

もしかしたら一目見た途端、「なにこれ」と拒否反応を示されるのではとも思っていたのだ。だが、どうやら杞憂《きゆう》に終わってくれたらしい。

「あんまり上手じゃなくてごめん」

「そんなことないよ、じゅうぶん上手《うま》いって。ねえ、この絵、あたしにくれるの？」

「え、あ、いや」

蓮倉は口ごもった。

「今日は見せに来ただけで、うちに持って帰ろうと思ってる。けっこうでかい絵だしさ、1Kのアパートに飾っても邪魔になるだけだろ」

「そんなことないよ。壁にかけておくんだから、邪魔になるわけないじゃん」

「うん、でもなあ」

弱りきって、蓮倉は眉尻をさげた。

さすがにモデルの茜音に一度も見せないわけにはいかないかと持ってきてしまったが、やはりいささか軽率だったようだ。

ギャラリーで客の一部から発せられた「気味悪い」、「怖い」という反応を、彼女が見せなかったことには安堵した。だがさすがに手ばなしでプレゼントするのはためらわれる。

ここは正直に言うしかないかと腹をくくって、

「じつはさ、この絵、すごい不評だったんだよね」

と彼はおずおず言った。

「不評？　誰に？」

「ギャラリーに来てくれたお客さん。いいって言ってくれる人もいたんだけど、けっこういっぱい苦情の投書があったんだってさ。あと、うちの親父にも評判悪かった」

「お義父《とう》さんが？　なんでだろ」

茜音が首をかしげた。

「ああ、実物よりだいぶきれいに描かれてるからかな。なにしろお義父さん、いやと言うほどあたしの実物知ってるもんね」

「まさか」

蓮倉は苦笑した。

「うちの親父は茜音が大のお気に入りなんだからさ、そんなこと言うわけないよ。それにこの絵は、実物よりだいぶ落ちるって。写真の茜音はもっと屈託なくにっこりしてたのに、絵のほうは目もとと口もとがゆがんでる」

「そうかな」

茜音はいま一度首をひねり、彼を見あげた。

「あたしはべつに気にならないけど。それにお義父さんが気に入らないって言うなら、よけいあたしがもらったほうがよくない？」

「うーん……」

蓮倉はかえす言葉に迷った。

さすがに茜音には言えないが、じつは父親の反応はもっと顕著だった。

この絵を見るなり「なんでそんなもの描いたんだ。縁起が悪い」と顔いろを変えたのである。

彼は頭を掻《か》いて、

「ともかく、いい感じがしなかったらしいんだよ。ほら、うちの親父って考えが古くさいっていうか、けっこう迷信ぶかいとこあるから」

とごまかした。

茜音があいまいにうなずく。

「旧家のご当主さまだもんね。もしかして、あたしら下じもの者にはわからない家訓があるとかなのかな。ご先祖さまいわく『女子《おなご》を描いた掛け軸は飾るべからず』とかさ」

ひょいと肩をすくめて、

「でもあたしはぜんぜんそういうの気にしないからへいきよ。だいたい誰も引きとり手がないんじゃ、この絵がかわいそうじゃない。モデルのあたしだって、間接的とはいえさすがに傷つくしね」

「いやあの、そんなつもりじゃ」

蓮倉は口の中でもごもごと言いわけをした。上目づかいに彼女をちらりとうかがい、

「茜音。ほんとにこの絵を見て、なんともない？」

と訊《き》く。

茜音が怪訝《けげん》な顔をした。

「なんともってなにが？　なんだかさっきから、やけに歯切れが悪いよね」

「あー、いや、ないならいいんだ」

慌てて彼は手を振った。

心配のしすぎかな、と内心でつぶやく。彼女がなんともないと言うなら、実際それに越したことはないのだ。

尾ノ上のすすめでオカルト研究会などに頼ってしまったが、じつを言うと蓮倉は幽霊うんぬん、祟《たた》りうんぬんといったたぐいの話は嫌いだった。

まだ茜音には打ちあけていないが、彼の家系はいわゆる「いわれのある」筋なのだそうだ。そのせいで子供の頃から何度かいやな思いをさせられてきた。

母の死についても、まわりからずいぶんいろいろと言われたものだ。蓮倉自身に当時の記憶はほとんどないが、母の死後しばらくは、腫《は》れものに触るような扱いを受けたことをおぼろげに覚えている。

「ここにかけたほうがいいかな。それともあっちの壁がいい？　直射日光があたるとこはだめだよね。あ、それよりまず額を買ってこなくちゃ」

嬉々《きき》として絵をあちこちの壁にあてる茜音を、蓮倉は目を細めて見やった。

「この絵、嫁入り道具ってことにしちゃおうかなあ。あたし桐箪笥《たんす》どころか、まともなチェストも持ってないんだもん」

「箪笥なんて、古くていいならうちに山ほどあるよ。それより茜音、例の話のこと考えてくれた？」

「ああ、入籍を前倒しにするってやつ？」

茜音が振りかえった。

「あたしは前からの約束どおり卒業後でいいと思うんだけど……急ぐの？」

「できれば急ぎたい。思ったより病気の進行が早いみたいで、かなり弱ってるからさ。生前にいい知らせを聞かせて、安心して逝かせてやりたいんだ」

「そっか。――そうだよね」

キャンバスをかかえ、彼女はしゅんと睫毛《まつげ》を伏せた。背後の窓はカーテンが開けはなされ、冷たい雨に濡《ぬ》れた外界がガラス越しに一望できる。だいぶ小降りになってきたようだが、いつ雪か霙《みぞれ》に変わってもおかしくない空模様であった。

茜音が顔をあげ、

「ね、泊まっていくでしょ？」

と静かに微笑んだ。

目を覚ますと、朝の白じらとした光が細く射しこんでいた。

なかば無意識に、片手でシーツの上を探る。気配がない。人肌も感じられない。唸《うな》り声をあげて、蓮倉は枕から首をもたげた。

「——茜音？」

呼びかけたが、返事はなかった。

壁の時計を見やると、まだ七時前であった。

いつもの茜音ならぐうぐう寝ているはずの時間帯だ。おまけに彼女は寝起きも悪い。おかげで最近、朝食の用意はもっぱら蓮倉の担当になりつつあった。と言ってもインスタントコーヒーとトーストだけ、といった味もそっけもないメニューだ。結婚前にもうすこし料理のレパートリーをお互い増やしておこうとは、すでに何度も話しあい済みであった。

「茜音、どこだ？　もう起きたの？」

声をかけながら、ベッドをおりる。

まずキッチンを覗《のぞ》いた。次にトイレを見た。やはり彼女の姿はない。

最後にバスルームのドアを開ける。と、そこにようやく見慣れた背中を見つけた。なんとはなし、ほっとする。

「どうしたの、今日は早いじゃん」

そう言ったが、彼女は振りむかない。洗面台に両手を突いて、鏡の前でうつむいている。その手がかすかにわなないていると気づき、蓮倉ははっとした。

「茜音、どうした」

やはり応《こた》える声はない。

「茜音？」

背後から肩をつかんだ。

いやいやをするように、彼女が抵抗する。しかし蓮倉はつねならぬ強引さで、無理にその首を仰向かせた。

途端に、彼は凍りついた。

一瞬まともに合った眼を、茜音はすぐに伏せた。

喉《のど》の奥から絞りだすような声で、

「……朝起きたら、こうなってたの」

と言った。

蓮倉はなにも言えず、婚約者の顔をただじっと、穴があくほどに凝視した。

茜音の、その面《おもて》。昨夜まで無邪気な笑みをたたえていたはずの顔は、引き攣《つ》ったように歪《ゆが》み、ひどくいびつな笑いを貼りつけていた。

眉間《みけん》には皺《しわ》が寄り、口もとは不自然に吊りあがっている。まるで意思に反して、無理やり苦笑を浮かべたかのような。

――そう。まさにおれが描いた、あの絵そっくりに。

愕然《がくぜん》として、蓮倉はその場に立ちすくんだ。

4

「……というのが、今朝までの顛末《てんまつ》です」

がっくりと肩を落とし、蓮倉は消え入りそうな声でそう告げた。

「そいつは大変だ。ほんとに霊障か否かはともかく、若い女性の顔に影響が出るのはさすがに気の毒だなあ。いや、若くなけりゃいいってわけじゃないけど」

と黒沼部長がため息をついた。

気温がぐっと低まり、今朝はうっすらと霜がおりた。だが今日もオカ研の部室は、二十四時間フル活動のストーブで一定の温度に保たれている。

真ん中に据えられた長テーブルの上座にはいつもどおり部長が、その両脇には藍と森司が座り、こよみはコーヒーメイカーの前でコーヒーができあがるのを待っている。

蓮倉は部長の正面のパイプ椅子に腰かけ、うなだれていた。

部長が指でくいと眼鏡を押しあげ、

「で、当人の茜音さんは、いまどうしてるの」

と訊いた。

伏し目のまま蓮倉が答える。

「病院です。車で中央病院まで送っていったんですが、混んでいて待ち時間が長いようなので、ひとまずおれだけ先にこちらへうかがいました。なにかあったらすぐに電話をくれとは言ってありますが」

「そっか。診察でなんとか改善すればいいけど」

と藍が眉《まゆ》をひそめて言った。

蓮倉がすこし身をずらし、背後のキャンバスを両手でかかえるようにして前へ引きだした。

倉庫に置かれていたときと同じように、白布で丁寧に覆われている。室内にうっすら緊張が走った。

「すみません。……もう一度、見てもらえませんか」

押しころした声で、彼が言った。

「おれが何度見てもなにも感じないし、なにも起こらないんです。でもこの絵が元凶だってことは間違いない。描いた本人であるおれがこんなこと言うのはおかしいですけど、なんていうか、これは……〝障り〟のあるものなんだと思います」

と言いながら、ゆっくりと白布をほどきにかかる。

そのとき、それまで黙っていた森司が弾《はじ》かれたように立ちあがった。

「すみません。――それたぶん、おれのせいです」

言うが早いか、深ぶかと頭をさげる。

「え？　なによ八神くん。どうしたの」

唐突な森司の行動に、唖然《あぜん》と藍が彼を見あげる。部長とこよみも、やはり同様の目を向けていた。

森司は頭をさげたまま、

「じつはおれ、ギャラリーの倉庫で一瞬〝なにかおかしい〟って感じたんです。それまではなんともなかったのに、急に絵のまわりの空気が変わったような――なのに、気のせいかと思って誰にもなにも言わずに帰ってしまいました」

とひといきに告げた。

「あのときおれがちゃんと口に出していたら、蓮倉さんはきっと絵を持ち帰らなかったですよね。そしたら茜音さんだって、そんなおかしな目に遭わずに済んだはずです。だからそれは、おれのせいです。ほんとうにすみませんでした」

　内心で唇を嚙《か》む。もしあの場にいたのが森司でなく泉水だったなら、きっともっと強引に止めていたに違いない。己のことなかれ主義を、彼はいまさらながら猛省した。

「いやそんな。頭をあげてください」

　慌てたように蓮倉が手を振った。

「あなたのせいじゃない、おれが悪いんです。それもこれも、おれが考えなしに茜音に絵を見せてしまったからだ。もっと慎重になるべきでした。せめて一度くらい見せておかないと義理が立たないような気がして、あの」

　おろおろと言いあうふたりに、

「まあまあ。いまはそんなこと言ってる場合じゃないじゃない」

　と部長が割って入った。

「誰が悪くて誰が悪くないなんて、言いだしたらきりがないよ。それより八神くん、その〝空気が変わった〟って、どういうときだったか覚えてる？」

「あ——そうですね。ええと」

　森司は視線を泳がせた。

「たぶん蓮倉さんが『持って帰る』って宣言したときだと思います。布で包んで小脇にかかえたときはもう変な感じがしてたから、おそらくその台詞《せりふ》の前後で間違いないと」

「じゃあ、この肖像画は蓮倉くんが持ち帰るって言うのを待って、それまで猫かぶってたってこと？　まあ、絵が猫かぶるって言いかたはおかしいけど」

と藍が声をあげた。

「そんな高度なことできるの？　蜘蛛《くも》が巣をつくるみたいに、罠《わな》をしかけて待ってたっていうの？」

「そこまで意思的じゃなくても、もしかしたら特定のワードやシチュエーションに反応するのかもしれません」

こよみが口をはさんだ。

「この場合は『帰る』という言葉だとか、もしくは持ちあげる仕草だとか。ギャラリーに展示されてたときの苦情も考慮すると、他人に見られるということもひとつのファクターになっているのかも」

「そうだとしても、全員が影響を受けたわけじゃないよね」

部長が言った。

「尾ノ上くんは『クレームでひっこめられるまで、この絵の得票数は四位だった』と言っていた。つまりこの絵を気に入った人だってそれなりの数いたんだ。苦情を寄せた人たちや茜音さんは、きっとなにかの条件に一致したんだろうさ。——それがなんなのかは、まだわからないけど」

彼が言い終えるとほぼ同時に、ぴりりり、と携帯電話の着信音が鳴り響いた。

急いで蓮倉がジーンズのポケットを探る。液晶の表示を見て、

「茜音からです。診察が終わったそうなので、すみませんが迎えに行ってきてもいいですか」

「もちろんどうぞ」

部長が答えた。蓮倉が言う。

「またすぐ戻ってきますから、申しわけないがその間だけでも、絵をここに置かせてくださ い。あの、ついでに見舞ってきたい病室もあるので、すこし時間がかかるかもしれませんが」

「かまわないよ。さ、早く行ってあげて」

「すみません」

蓮倉は頭をさげ、あたふたと部室を駆け出ていった。

引き戸が閉まる。

「――さて」

部長が揉《も》み手《で》をして、いまだ白布に覆われたままのキャンバスを見おろした。

「それじゃ問題のモナリザを、もう一度拝顔してみようか。八神くん、どう。いまのこの絵からは、なにか感じる?」

「いえ」

森司は首を振ってから、

「あの、やめましょうよ。べつにあらためて見る必要ないじゃないですか。どんな肖像画はもうわかってるんだし、そのまま布をかぶせておいたほうが」

と早口で付けくわえた。

「いやおれはいいですよ？　でも藍さんや灘が妙な顔になっちゃったら、大ごとじゃないですか。それはだめです。灘に、いえ、このふたりに危険が及ぶようなことは、おれは断固反対です。第一、以前にもこんな感じであずかって——」

と、そこで森司ははっと言葉を飲んだ。

「以前にも？」

「あ、いえ、なんでもないです」

両手を振ってごまかした。

約一年前、部長がいわくつきの鏡を部室にあずかってきた日のことを、あやうく引きあいに出しそうになったのだ。だがあのときおかしくなったのは当の黒沼部長だった。さすがに本人の前で、それを口にするわけにはいかない。

黙りこんでしまった森司の横で、

「じゃあ、すこしずつ布をひらいていくのはどう？」

と藍が提案した。

「空気がおかしくなった、と八神くんが感じたところでストップをかけてもらえばいいじゃない。そうすれば部長の言う〝条件〟がなんなのかわかるかもよ」

「ああ、それいいね」

あっさり部長が同意した。

「それじゃ布をめくる役はぼくがやるから、八神くんはすぐ止められるよう近くにいて。藍くんとこよみくんは、できるだけ遠くにね」

藍がこよみの手をひいて、壁ぎわに素早く移動した。

「まともに見ちゃまずいかもしれないから、いちおうできるだけ目を細めとくわ。こよみちゃんも半目にしときなさい」

「はい」

真顔でこよみがうなずく。

「いくよー」

部長が声をかけ、白布をとめていたピンをはずした。

布をすこしはだける。キャンバスの隅が露出する。部長の手が動き、今度は背景の一部があらわになった。

「八神くん。すこしでもおかしいと思ったら、遠慮しないでいつでも止めていいからね」

「もちろんです。そんな無駄な遠慮はしません」

そう言葉を交わす間にも、白布はみるみる剝《は》がされていった。ついにするり、と一枚布が取り去られ、肖像画の全貌《ぜんぼう》がさらされる。

森司は慌てて壁際の女子部員ふたりを振りかえった。

しかし、異常はなかった。

藍もこよみも、平常どおりの美貌《びぼう》を保っている。

はあああ、と森司は肺から絞りだすような安堵《あんど》の吐息をついた。このサークルにいると、ほんとうに寿命がいくらあっても足りない。所属してからこっち、おそらく二、三年はゆうに縮まったはずだ。

キャンバスの中の茜音はこの前と同じように、やはり苦笑に近い笑みを浮かべて鑑賞者を見かえしている。

ゆっくりと部長が立ちあがり、

「モナリザの微笑には〝八十三パーセントの幸せ、九パーセントの嫌悪感、六パーセントの恐怖感、二パーセントの怒り〟がこめられているそうだよ。これはアムステルダム大学が開発した、感情認識ソフトで解析された結果でね。イギリスのニュー・サイエンティスト誌に発表されたことで一躍有名となった説だ」

と言った。

「悲しみや憂いを帯びた微笑というならわかるけど、一割近い嫌悪と、さらに微量の恐怖を含んだ微笑っていうのが面白いよね。……だが蓮倉くんの描いたこの絵の女性は、モナリザよりその成分がさらに多いように見えるな」

彼は首をかしげた。

「これはほんとうに彼の言うように、技術不足がゆえの偶然の産物なのかなあ。もしかして彼は、〝この表情〟を、過去に目のあたりにしたことがあるんじゃないだろうか」

「それは、なにを根拠に？」

いつの間にか、彼に並んだ藍が問う。

「いや、べつに根拠はないけど」

「でしょうね」

藍が肩をすくめた。そのかたわらで森司は顔をあげ、

「でも、蓮倉さんはたぶんなにか隠してますよ」

ときっぱり言った。

藍と部長、そしてこよみの視線が一気に彼に集まる。

途端に森司はへどもどして、

「……いやあの、これも、根拠はとくにないんですが」

とうつむいて口ごもった。

彼らの背後で、引き戸ががらりと開いた。

「どうもすみません。お待たせしました」

と入ってきたのは当の蓮倉だった。部長が振りかえって、いまのやりとりなどおくびにも出さずに笑顔を向ける。

「おかえり、えらく早かったね」

「正門前でバスとかちあって、茜音がおりてきたんです。ちょうどよかった」

「そっか。で、どうだった？」

「筋肉のこわばりをとる注射と、点滴を打ってもらったそうです。そのどちらが効いたのかわかりませんが、おかげさまで快《よ》くなりました。彼女もみなさんにご挨拶《あいさつ》したいと言うので、いまここに――」

刹那《せつな》、ぶわっと森司の全身が総毛立った。血の気が引く。頭皮まで毛羽立つ。

間違いない。これは。

――この感覚は。

「ちょ、蓮倉さん、待って」

森司が戸の前に立ちふさがる。

だが、一瞬遅かった。

すでに茜音は蓮倉の背後から、首をやや突き出すようにして部室の中を覗《のぞ》きこんでいた。

次の瞬間、至近距離で森司はそれを視《み》た。

雷に打たれたかのごとく、茜音はその場に棒立ちになった。彼女の口が、真横にぎりぎりとひらいていく。目もとがゆがみ、眉《まゆ》の間に皺《しわ》が寄る。頬の筋肉が、震えながら唇の両端を無理やりに吊《つ》りあげていく。

両の眼は恐怖にいろどられていた。

茜音は歯を食いしばっている。なのに、顔の筋肉だけが勝手に笑いをかたちづくっていく。止まらない。いや、止められない。

「茜音？　――茜音！」

蓮倉が叫んだときには、すでに彼女は廊下へ音をたてて卒倒していた。体が硬直し、弓なりに反っている。こまかな痙攣《けいれん》が全身に走っていた。口から泡が噴きだす。痙攣が大きくなる。

「まずい、舌を噛《か》むかも」

「これ！」

ハンドタオルを藍が部長に手渡す。彼が布の端を詰めこんで、歯の隙間にきつく噛ませた。

暴れて跳ねあがる体を蓮倉が押さえる。その間によみが例の絵を伏せ、走って部室の本棚の奥へとねじこんだ。

わずか、数十秒の間のことだった。茜音が静まり、ぐったりと四肢を床に投げだす。重い静寂があたりを覆った。

蓮倉は彼女の肩に両手をあてたまま、

「――いったい……いったい、どうなってるんですか、これは」

と、呆《ほう》けた顔でつぶやいた。

5

展示会が開催されたアートギャラリーへオカ研の一同が向かったのは、翌日の昼過ぎのことであった。

ようやく合流したバイト明けの泉水が、

「よくわからんが、誰か騒いだら殴りゃいいんだろ？」

などと物騒な台詞《せりふ》を吐きつつ、欠伸《あくび》まじりについてくる。

くだんの貸画廊『ギャラリー・ガラ』は、雪大からさほど遠くない場所に建っていた。

画廊主はまだ四十前のしゃきっとした女性で、シュールレアリスムの大家サルヴァドール・ダリの大ファンであるところから、ダリの妻の名前をもらってこの店名をつけた、とのことであった。

「ああ、雪大の絵画愛好会ね。はい、うちで一箇月間、展示会をやらせていただきました。と言ってもうちはとくになにもしませんでしたけどね。ほんと、場所をお貸ししただけです。搬入も展示も宣伝も呼びこみも、なにもかも学生さんたちが自分でおやりになってくださいましたから」

先日は倉庫にしか寄らなかったのでわからなかったが、道路に面した側は扉も壁もガラス張りで、通りすがりにも中が覗けるようになっている。

額をかける側の壁は、いちめん無機質な白一色だ。これはおそらく展示物の視覚的な邪魔にならないようにであろう。門外漢の森司がおぼろげに想像する「画廊」に、まさにぴったりの外観であった。

蓮倉の絵に寄せられた苦情について訊《き》いてみると、

「さあ。わたし、ほんとうに今回はノータッチだったんですよね。代表者の、ええと、尾ノ上さんでしたっけ。あの人がなにもかも仕切ってくれたものですから、開催中は二、三度足を踏み入れただけで」

と画廊主は首をかしげた。

「じゃあ苦情があったという絵について、なにか印象は残ってませんか」

部長が尋ねる。

「すみません。それもまったく覚えてないわ。だってほかにもっと個性的な作品がいっぱいあったんですよ。こんな言いかたは失礼ですけれど、正直、あまり記憶に残らない平凡な作品だったと思います」

と彼女は頰に手をあてて、

「その蓮倉さんていう方についても、ほとんど覚えていません。とにかく尾ノ上さんのオーバーアクションばかりが目について」

と苦笑した。

「蓮倉くんにはいちおうお会いしたんですね」

「ええ。でも彼だけじゃありませんよ。おそらくメンバーのみなさん全員と顔合わせをしたはずです。さきほども言ったように搬入、展示、宣伝、チラシくばりと、すべて学生さんたちがやってくれましたからね。展示中のお客さまへの声かけや、投票の取りまとめ等もぜんぶです」

「見にきたお客さんに、声かけなんてするんですか」

「ふだんはあまりしませんね。お買い求めになってくれそうなお客さまのみに、そっと耳打ち程度です。でも今回はなにしろ投票制でしたから、みなさんご自分の作品に票を入れてもらおうといっしょうけんめいでしたよ」

「なるほど」

うなずいて部長が腕組みした。

「あの、よろしかったら展示会の映像を直接ご覧になります？　わたしから話を訊くよりそのほうが早いでしょう」

画廊主が言った。

部長が声のトーンをあげる。

「映像があるんですか」

「監視カメラのね。ただしその前に、悪用しない、複製しない、持ちださないと一筆入れてくださいます？　すみませんがわたし、これから大事なお客さまと会う用事がありまして」

暇な学生に何時間も付きあってはいられない、ということだろう。しかし黒沼部長は嬉々《きき》として、

「もちろん書きます。二筆でも三筆でも入れます」

と、即座にその提案に飛びついた。

監視カメラの映像は、画廊裏の事務所で見せてもらうこととなった。

再生はやや型の古いノートパソコンをつかってである。ちいさな液晶に五人がかりで貼りついて、身を寄せあっての鑑賞であった。

ななめ上から固定で映しているため、飾られた額の前を、人の頭が右から左へ移動していく映像ばかりが延々とつづく。

だが絵画愛好会の学生たちと客は、さいわい一目で見わけがついた。前者がみな、お揃いのエプロンを着けていたからだ。

音声はないので、なにを言っているかまではわからない。だがどの学生も自分の絵に投票してもらおうと、まめにオーディエンスへ声をかけている。

中でも目立っていたのは、やはり尾ノ上だった。

「尾ノ上くん、ショップによくいるタイプの店員みたい」

と藍が冷静に評する。

「熱心なのはわかったから、もうちょっと静かに見させてくれ、って客にそのうちキレられる店員の典型ね」

「蓮倉くんは逆に、みんなの後ろをおどおど、うろうろしてるだけだね」

と部長が液晶に顔を近づけて言った。

藍がうなずいて、

「ほんとだ。声をかけようとしては、相手にするっと逃げられてる。だめねえ。女の子相手にはもっと積極的にいかなくちゃ」

「そんな、ナンパじゃないんですから」

と森司はふたりをさえぎって画面を指さした。

「ほら、ここではちゃんと話せてますよ。と言っても、声をかけてきたのは向こうで、聞かれたことにただ答えてる、って感じですが」

「女の子に話しかけられるのはへいきなのね。って、彼女がいるんだから当たりまえか。でも蓮倉くんてちょっと八神くんに似てるとこない？　八神くんを三倍くらいおっとりと上品にして、五倍くらいお坊ちゃんにした感じ」

どういう意味ですか、と森司は言いかけてやめた。べつだん誉められたのではないことくらい、さすがにニュアンスでわかる。

ふいに部長が、

「そういえば、お坊ちゃんで思いだしたけどさ」

と、ぽつりと言った。

「――蓮倉くん、〝障り〟って言ってたよね」

唐突な台詞だった。

思わず森司が目をしばたたく。

「え？」

「自分の描いた絵に対して〝これは障りのあるものだ〟って言ってたよ。二十代の男がふつう使う言葉じゃないから、あれって思ったんだ。旧家の出だって言ってたし、ひょっとしたらその手の単語がめずらしくない育ちだったのかなあ」

誰も、応《こた》える者はなかった。

なんとはなし、森司は視線をさまよわせた。背後の泉水に気づき、すこしぎくりとする。

泉水はなぜか、じっと画面を凝視していた。視線は一点に据えられている。森司のとまどい顔に気づいたらしく、部長も肩越しに振りかえって、

「どうしたの、泉水ちゃん」

と分家の従弟《いとこ》に目をやった。

「いや」

泉水が顎《あご》に手をやったまま、

「八神、おまえ目の前で女が妙な顔つきになってぶっ倒れるのを見たんだよな？　どんな具合だった」

と森司に問う。

「どんなって、ええと」

面食らいながらも森司は答えた。

「顔の筋肉だけで、無理やりに笑顔になってるって感じでした。目は笑ってないし、歯

も食いしばってるのに、目に見えない手で強引に笑わされてる、って感じです」

「そうか」

泉水は首を縦にし、部長に向かって言った。

「本家、そのわけのわからん絵はまだ部室に置いたままだって言ってたな。実物をさっさと見ちまいたいんだが、どうだ」

「うん。いいよ」

あっさり部長が首肯する。

「じゃあ残りの監視映像は早送りしちゃおう。……じつを言うとぼくも、もうちょいで仮説らしきものを立てられそうで、ややもやしてるんだよね」

と、彼はノートパソコンのタッチパッドに手を触れた。


アートギャラリーから雪大へ戻ると、すでに時刻は六時をまわっていた。

夏ならまだまだあたりは明るい時間帯でも、師走《しわす》の夕暮れどきはとっぷりと暗い。いちめん灰いろの雲だった空は闇に飲まれ、月も星もなく、わずかな街灯だけが頼りである。

校内の芝生をななめに横ぎって部室棟へ向かう。遠目にも、ほとんどの窓に灯りがともっていた。

「ひさびさに留守にしちゃったから、冷えてるだろうなあ」

とこぼしつつ、部長が片手でちゃりっと鍵《かぎ》をまわす。

ふと、彼が足を止めた。

すぐあとにつづいていた藍も、森司も、こよみもつられてその場に立ち止まる。

部室の引き戸の前に人影が立っていた。三十ワットの薄暗い電球のもと、ほっそりしたシルエットが振りかえる。

「――やあ」

黒沼部長が片手をあげた。

そこに待ちかまえていたのは、蓮倉の婚約者の茜音だった。藍が部長を追い抜くかたちで小走りに駆け寄り、

「どうしたの、いつから待ってたの。寒かったでしょう」

と尋ねる。

茜音はそれには答えず、頭をさげて、

「すみません。でも彼抜きで、ちょっとご相談したいことが」

と小声で言った。

ようやく追いついた部長が、「まあ立ち話もなんだから、中へ――じゃなくて、近くの喫茶店にでもどうかな」とうながす。

が、かたくなに茜音はかぶりを振った。

「いえ、ここで失礼します。すぐ終わりますから」

しかしそう言いながらも、彼女はつづく言葉に迷っている様子だった。そんな彼女をしばし眺めてから、

「蓮倉くんの様子は、どう？」

と部長はさらりと問うた。

「気を悪くしたらごめんね。でもぼくの予想では、彼はたぶんいま、人が変わったみたいに沈んでばっかりいるんじゃないかと思うんだけど」

茜音が目を見ひらいた。

彼女はすこしの間、肩掛けのバッグのストラップを揉《も》みしぼるように握りしめていた。が、やがて意を決したように、

「……そうなんです」

とうなずいた。

「あの人、ひどく無口になって、食欲もないみたいで、一日じゅうなにか考えこんでます。わたしのことも、まったくそばへ寄せつけてくれません。ほんとうに別人になっちゃったみたい。以前は落ちこむことはあっても、あんなふうにひとりで殻に閉じこもる人じゃなかったのに」

「そっかあ」

部長は顎を撫《な》でて、

「その変貌《へんぼう》ぶりに、なにか心あたりはある？」

「ありません。しいて言えば、あの絵のことくらいです」

茜音はうつむき、ちいさく洟《はな》をすすってから、

「それと、もうひとつ」

と声を落とした。

「先日、わたしがここで倒れてご迷惑をかけたじゃないですか」

「いやあ、べつに迷惑だなんて」

と部長が言いかけたが、茜音はそれを手で制して、

「じつは倒れる間ぎわ、彼がわたしに覆いかぶさるようにして、耳もとでささやくのが聞こえたんです」

低く言葉を継ぐ。

「あの人、言いました。『狐だ』、『これは狐の顔だ』って。――これって、いったいどういう意味なんでしょうか」

6

降りはじめた雨は、いつしか霙《みぞれ》に変わったようだ。

ふたりぶんのジンライムを用意しながら、茜音はサッシに積もった霙とグラスの中身を見くらべ、なんだか似た色あいだなと考えた。同じくらい透明感があって、なのにか

すかに白濁していて、同じくらい寒ざむしい。

婚約者の蓮倉は、けして酒好きではなかった。

口にするのはカクテルか甘いチューハイだけで、ビールもウイスキーも飲めない。そのくせ大事な話をするときは、必ずすこしばかりアルコールの力を必要とする。結婚しようと言われたときもそうだった。

キッチンの扉を後ろ手に閉め、茜音は短い吐息をついた。

――今日こそちゃんと、彼と話をしなくてはいけない。

そう決心して、カクテルの準備をしておいたのだ。なにかきっかけがなければ、いまの彼は口をひらいてくれないだろう。少量のアルコールで舌の滑りがよくなってくれるのなら、願ったりかなったりであった。

玄関の向こうでかたりと音がした。

合鍵を差しこみ、まわしている気配がする。茜音が合鍵を渡している相手はひとりだけだ。話しあおうと決めたはずなのに、反射的に彼女は身をすくませた。

ドアがひらく。

長身の男が入ってくる。

白皙《はくせき》の頬がすこし青い。長めの前髪に雲がうすく積もっている。まぎれもなく彼女の婚約者その人だった。茜音は机の下でぎゅっとこぶしを握り、

「おかえりなさい」

となるべく平静な声を出した。

ちらりと彼の視線が、テーブルの上のグラスに落ちる。飲むの？　と視線で問うてくる。

茜音は口の端を持ちあげて言った。

「もう、薬飲んでないからだいじょうぶ。……よかったら今夜は、ふたりでちょっとだけ飲もうよ」

蓮倉が重い口をひらきはじめたのは、ロックグラスの半分があいた頃のことだった。

「じつは、きみにまだ言ってなかったことがあるんだ」

押しころした声で彼は言った。

「うちが古い家だってことは、何度も伝えてあるよね。親戚《しんせき》がうるさい、しきたりがどのこうのって、いまだに真顔で言うやつらがいる田舎の家だ、って。でもそれだけじゃないんだ。笑われるか、それとも嫌われるかと思って言えなかったけど、うちは、その――狐憑《きつねつ》きの家系なんだ」

「狐？」

茜音がきょとんとなる。

蓮倉が苦しげに笑った。

「馬鹿馬鹿しいと思うだろ？　でも年寄り連中はみんな、本気で言うんだ。『蓮倉の家は憑きもの筋だ』、『近づくと狐を飛ばされるぞ。狐が憑くと、死ぬまで笑いやめなくなるから気をつけろ』って」

しん、と部屋が静まりかえった。

蓮倉がグラスを舐《な》める。

「子供の頃から、何度もそのせいでいやな思いをしてきたよ。友達はできなかったし、大人たちも表面上は慇懃《いんぎん》だがよそよそしいしね。いちばんきつかったのは、『おまえのかあちゃん、狐に祟《たた》り殺されたんだろ』って悪ガキたちにはやしたてられることだ」

「祟り殺された？」

茜音が眉《まゆ》をひそめる。

「どういうこと。おかあさんって、病気で死んだんじゃなかったの」

「ごめん。嘘なんだ」

蓮倉はうつむいた。

「いや、まるきり嘘ってわけじゃない。なにしろおれは、当時のことをあまりよく覚えてなかったからね。悪ガキどものその台詞《せりふ》だって、ただのたちの悪い噂だと思ってた。祟りや憑きものなんておれ自身信じていなかったし、父も『気にするな』っていつも言ってくれていた。でも」

言葉を切り、

「でも——思いだしたんだ」

彼は顔をあげた。

「きみが笑い顔になって、倒れて、痙攣《けいれん》しているのを見たあのとき、ぜんぶ思いだした。あれはただの噂や迷信なんかじゃない。ほんとうのことだった。だって——だって、母は、まさしく狐に憑かれて、笑いながら死んだんだから」

そうだ、すべて思いだした——。

蓮倉は思いかえす。

あれは彼がまだ十歳にもならない、夏のことだった。

体の弱かった母と、彼と、古株の家政婦であるばあやとで、空気のいい田舎に静養に行ったのだ。

彼らはほぼ夏休みじゅう、父方本家ゆかりの家だという広い屋敷で過ごした。蓮倉の生家よりもさらに古く、静かで緑に囲まれた平屋だった。朝になるとぶ厚い雨戸にいくつもあいた節穴から、細く白い光が寝起きの頬に射しこんでいたものだ。

屋敷のまわりは田圃《たんぼ》と畑ばかりだった。日中は蝉がじいじいとけたたましく鳴き、日が落ちると蛙の大合唱がとって代わった。

近所に住む縁戚《えんせき》の子供らとも仲良くなった。彼らはさすがに血縁だけあって、蓮倉を憑きもの筋どうこうなどと謗《そし》ったりはしなかった。花火にも、川遊びにも、虫相撲にも誘ってくれた。

だがばあやは、

「坊ちゃんは、大事な跡取りさまなんだからだめです」

と、彼らとの泥んこ遊びや渓流釣り、畑仕事の手伝いなどはけっして許可してくれなかった。

蓮倉は午前をラジオ体操と学校の宿題に費やし、午後は縁戚の子たちを招《よ》んで遊んだ。ビニールプールではしゃいだり、ばあやの茹《ゆ》でた玉蜀黍《とうもろこし》をふるまったり、流行《はや》りのカードゲームで対戦をした。

母は体を強くするためだと言ってはよく日光にあたり、花壇に朝顔を植え、畑に出かけてはよく実った茄子《なす》やトマトをもいで帰ってきた。

楽しかった。だが楽しい日びは長くはつづかなかった。

ある日を境に、母がおかしくなったのだ。

ばあやは慌てふためき、顔いろを変えて、町から白装束の男を連れてきた。それが祈《き》禱《とう》師だとは、当時の蓮倉にはまだ知るよしもなかった。

幼い蓮倉はただ、めまぐるしく動く人びとを呆然《ぼうぜん》と眺めているほかなかった。断片的にばあやと祈禱師の声が耳に入ってくる。

「狐だ」

「狐憑きだ」

「あの顔、見たか。あれはもういかん。そうとうに深く憑いとる」

母は屋敷のいっとう奥の座敷に隔離された。会いたいと蓮倉は訴えたが、だめだと言われた。座敷からは白装束の男が唱える呪《まじな》いと、中で焚《た》かれるあやしげな香の煙が細く洩《も》れてくるばかりだった。

一度だけ、大人の目をかいくぐって蓮倉は奥座敷を覗《のぞ》いた。

襖《ふすま》戸の隙間から、彼はそれを見た。

布団の上に、縛られた母が芋虫のように転がっていた。母は痙攣し、身をよじってもがいていた。白装束の男がなにか大声で唱えながら、数珠《じゅず》を持った手で母を叩《たた》いている。そのたび、母の体が弓なりに大きく跳ねる。

なのに――母は笑っていた。

顔いっぱいにゆがんだ笑みを浮かべ、ひいひいと悲鳴じみた高い声をあげていた。

蓮倉は思わず後ずさった。

そして、あとも見ずに逃げた。

母の死を知ったのは、それから数日後のことだ。蓮倉はばあやとともに生家へ帰った。母の葬儀はなぜか、しばらく経ってからおこなわれた。

母の死後、父は性格が変わった。

人ぎらいになり、部屋に閉じこもるようになり、もっとも古株の家政婦であるばあやさえそばに寄せつけなくなった。

息子の蓮倉に対しては変わらずやさしい父だったが、怖い顔をして考えこんでいることが多くなった。そして幾度も持ちこまれた再婚話には、けして首を縦に振らなかった。

「……そうなんだ。狐なんだよ」

二十二歳になった蓮倉が、座布団から腰を浮かせてそうつぶやく。

「なにもかも、悪いのは狐なんだ。ごめんよ茜音、おれの家にかかわったばっかりに、ひどい目に遭わせて。でも、いったん憑いてしまったものはしょうがない。母はだめだったけれど、今度こそうまく狐を落とさなくちゃ」

茜音はいっぱいに目を見ひらいていた。

動けずにいる彼女に、蓮倉が静かににじり寄る。

「だいじょうぶ、今度は間にあうよ。一刻も早く、体から追いださなきゃだめだ。そのためには、あのときと同じように、縛って叩かなきゃいけない」

彼が後ろ手にかばんを引き寄せた。なかばひらいたファスナーから、梱包《こんぽう》用のビニールテープが覗いているのが見えた。

茜音は口の中でくぐもった悲鳴をあげた。

――大声を出したい。

なのに喉《のど》の奥で詰まって、声になってくれない。

蓮倉が梱包テープを手に微笑んだ。

「だいじょうぶだよ、だいじょうぶ。すこし痛くするけど、これは大事なことなんだ。必要なことなんだから――ね？　きみは、わかってくれるよね？」

音をたてて、キッチンの扉があいた。

黒沼泉水を先頭に、隠れていたオカ研一同が飛びだしてくる。

肩越しに振りむいた姿勢で、蓮倉は呆気《あっけ》にとられていた。

その両肩を引っつかみ、泉水が彼をうつぶせに押さえつける。片膝《かたひざ》で背骨を圧迫されて、蓮倉は苦痛の呻《うめ》きをあげた。

彼の耳もとに口をつけ、

「――よく聞け。おまえの母親の死因は、狐憑《きつねつ》きなんかじゃねえぞ」

と低く泉水が言う。

「笑ってるように見えたのはな、〝痙笑《けいしょう》〟ってやつだ。痙攣といい弓なり緊張といい、典型的な破傷風の症状だよ」

蓮倉は目を見ひらいた。

痙笑とは筋肉の引き攣《つ》りによって生じる、異様な表情のことを指す。ひとりでに口の両端が持ちあがって歯が覗き、眉根《まゆね》が寄り、笑ったような顔になるのだ。眉間《みけん》に皺《しわ》が寄ることから、苦笑じみた表情になるとも言われている。

泉水が言った。

「おれは農学部なもんで、ゼミに所属するとき教授から事前に言われたんだよ。『おまえら、破傷風の予防接種は受けてあるのか。もしまだなら、いますぐ病院行ってこい』ってな」

先進国ではあまり問題とされない伝染病となったが、いまも破傷風の致死率は五十パーセント近い。

　菌はおもに土壌中にあり、手にできたちいさな切り傷からたやすく感染する。また、子供の頃にワクチンを接種していても、ほぼ十年で免疫は切れてしまう。

　おそらく蓮倉の母親は畑仕事かなにかで指に微細な傷を負い、その手で土いじりをしたのだろう。そうして発症したが「狐憑き」と決めつけられ、適切な治療を受けられぬまま、苦悶《くもん》の末に死に至ったのだ。

　身を硬くする蓮倉に、

「きみは知らなかったようだが、じつは〝狐憑き〟と〝憑きもの筋〟というのは、似て非なるものなんだよね」

　と部長が気の毒そうに告げた。

「狐憑きとはある種の神がかり状態、または錯乱状態を指す。現代においては精神疾患で片づけられることが多いが、ともかく個人の身に起こる単発的なものだ。それに対して憑きもの筋とは、家系そのものを指す。多くはかつてのきみの家のような〝富める家〟が、あの家だけが豊かなのはおかしい、なにか理由があるに違いないと、まわりからひそかに噂されて定着したものなんだ。つまり、やっかみや羨望《せんぼう》から出た誹謗《ひぼう》中傷のたぐいだよ。きみの家系は本来、後者だったはずだ」

　部長は彼のそばに膝をついて、

「だから問題は、きみの母親が〝笑い死んだ〟ことじゃない。破傷風の末期症状に至ってさえも治療を受けさせず、家に閉じこめ、馬鹿らしい祈禱でごまかして死に至らしめた人物がいるということだ。ぼくの考えじゃ、たぶんそれは――故意にだと思うね」

と言った。

「そんな」

うつぶせのまま、蓮倉が愕然《がくぜん》と青ざめる。

「そんな――でも、なぜ」

「さあてね」

部長はかぶりを振った。

「なぜなのかは、当の本人から訊《き》いてみなくちゃわからない。でもここはひとまず、先にぼくの仮説を聞いてみてくれないか」

7

入院病棟の個室は、しんと静まりかえっていた。

白一色の部屋には、薬品と尿と、饐《す》えたような独特の臭いがたちこめている。枕もとの花瓶に飾られた花はしおれかけていた。先週、蓮倉自身が持ってきた花だ。

彼以外、この病室を見舞う者はなかった。

身寄りらしい身寄りがないのだとは、本人の口から聞かされて知っていた。だからこそよくしてやりたかった。

父はここに、一度も見舞いに訪れない。

蓮倉はずっとそれを腹立たしく思っていた。あんなに長年世話になってきたというのに、薄情すぎると内心で憤ってきた。

——つい、昨夜までは。

ベッドには、鼻に管を通された女が目を閉じて横たわっていた。

病に倒れてからというもの、いちだんとちいさく、干からびてしまったかに見える。

そして、いちだんと老いてしまったように。

だが実際には、彼女はまだ五十歳そこそこでしかないのだ。こうして真上から眺め、その事実に蓮倉はあらためて驚いた。

子供の頃から「ばあや、ばあや」と呼んで甘えてきた。母だってそうだ。彼がもの心ついたときには、すでに彼女を「乳母やさん」と呼んでいた。だからずっと年かさのように思いこんでいた。

しかしいま思えば、母と彼女は五、六歳しか変わらなかったのだ。母が死んだ当時、彼女はまだ三十代後半だった。

「ばあや」

かがみこむようにして、そっと蓮倉は呼びかけた。

「ばあや、聞こえる？　……今日は、彼女もいっしょに連れてきたよ、ほら」

乾いたまぶたがひくりと動いたように見えたのは、錯覚だろうか。そして空気がなまぐさくなったような気配も、やはり気のせいなのか。

蓮倉は顔をあげた。

仕切りのカーテンの向こうに、女が立っていた。

頰に髪がかかっている。うつむき加減で、顔がよく見えない。だが彼には、女が嗤《わら》っているのがわかった。見えなくとも、伝わってくる黒い気配があった。

女が顔をあげた。

ゆがんだ微笑。恐怖と嫌悪をたたえた眼。引き攣り、不自然に持ちあがった頰の筋肉。剝《む》きだされた歯。

——母だ。

まさしく、あのときの母の顔だった。死の床で見せた、亡母の顔だ。

唸《うな》るように、蓮倉は言った。

「いいか。二度と茜音には、手を出すな」

女の眼が彼をとらえた。

いびつな笑顔の奥に落ちくぼんだ両眼は、暗い憤怒《ふんぬ》をたたえていた。

だが蓮倉はひるまなかった。すこしも怖くないと思った。女の怒りを凌駕《りょうが》するほどに、いま彼は激しく憤っていた。

低く、彼は言った。

「おまえじゃない――。おまえは、違う。母のふりをするのはよせ。もう、ぜんぶわかっているんだ」

と。

ずるり、と眼前で母の顔が剝《は》がれ落ちるのを彼は見た。あたかも熟れすぎた果実の皮が、腐り落ちるかのような眺めだった。

あらわれたのは、老婆の顔だ。

いや、違う――。老婆ではない。

何十年も前からばあやと呼ばれ、若い女であることを押しころして生きた女だ。そうしていま死病によって、三十歳も老いたかのようにしなびてしまった女の顔だ。

蓮倉は唇を嚙《か》んだ。

カーテン越しに女の視線を感じる。ちりちりと焦がすような、強い視線だ。

憎悪と苛立《いらだ》ちと、嫉妬《しっと》と思慕とが混ざりあい、わかちがたく溶けあった感情が、その両の眼《まなこ》にこめられている。

昨夜、オカルト研究会の黒沼は、蓮倉に対しこう言った。

「ばあやさんはまだ三十代なのに、当時いちばん古株の家政婦だったんだよね？　ということはそうとう若い頃からきみの家に仕えていたはずだ。へたしたら十代からだったかもしれない。そしてきみのルックスからして、たぶんおとうさんもかなりの美青年だったんじゃないかな。若く容姿端麗な次期当主に対し、これまた年若い娘さんが抱く想いときたら――これはもう、相場が決まってるよね」

ああ、その仮説はきっと当たっている、と蓮倉は思った。

正直その感情を、彼自身嗅《か》ぎとったことがないではない。

ばあやが父に向ける熱っぽい目。気づかぬふりをして、つねに顔をそむけている父。

だが意識しないようつとめていた。なぜってそれを認めてしまえば、すべてが崩れ去ることになるからだ。

家庭を成りたたせてきた微妙なバランス。隠しとおした秘密。幼い蓮倉が記憶の底に封じこめてしまった、忌まわしい事象のなにもかも。

「――ばあや」

いま一度、蓮倉は彼女に呼びかけた。

噛みしめるがごとく、ゆっくりと言葉を継ぐ。

「嫁いできたときからきっと、ばあやはおれのかあさんが気に入らなかったんだろ？でも跡取りのおれ自身のことは、べつだった。おれは父の血を継いだただひとりの子だったし、なにより父似だったからね」

蓮倉はくしゃっと顔をゆがめた。

語尾が涙で揺れた。

子供の頃からずっと言われてきたことだ。

「坊ちゃんは、ほんとうにおとうさまそっくりですねえ。大きくなったらきっと、おとうさまのようにご立派で格好いい男の人になりますよ、ぜったいですよ」

と彼女自身の口から、幾度となく。

あの夏のすべてがきっと、策略だった。破傷風菌の眠る土壌に母が導かれたことも、憑きもの筋の噂を利用して秘密裡《ひみつり》にことが運ばれたことも、医者ではなく祈禱《きとう》師が呼ばれたことも。

片恋の相手である父を奪った母を、彼女は憎んでいた。父は仕事で来られず、三人きりの静養は絶好の機会だった。

結果、母は死んだ。

死に至るまでかたくなに連絡を拒んだ彼女を、父はあやしんだ。だが旧家特有の「身内のことは大ごとにしない」精神が露見をためらわせた。息子の蓮倉が心に傷を負い、記憶の大部分をなくしたことも大きかった。

父は考えた末、告発をあきらめた。そのかわり、彼女を一生飼いごろしにすることを決めた。

――おれはおまえを訴えない。そのかわり、けして逃がさない。

異様な緊張を保ったまま、生活はつづいた。

だがいまやその父も老い、〝ばあや〟こと彼女の偏愛の対象は、次第に若い蓮倉に移りつつあった。

「監視カメラの映像を見てて気づいたんです」

と、同じくオカルト研究会所属の、気弱げな青年は蓮倉に向かって言った。

「展示会のアートギャラリーで、蓮倉さんの描いた絵の前で様子をおかしくしたのはみんな女性でした。そしてその全員が、絵を見る前に蓮倉さんとなんらかのかたちで接触していた人だった。あなたに直接話しかけたり、チラシをもらったり、絵の説明を受けたりした女性なんです」

苦情の投書は四日目からはじまった。そして十八日目から激化した。

どちらも蓮倉が、この病室へと見舞いに訪れた翌日だ。

そして両日とも彼は、尾ノ上のすすめで、くだんの肖像画をはずしてここへ持ちこんでいた。

「ばあやさん、もう意識がないんだろ？　茜音ちゃん本人とはもう会えないんだし、せめておまえの描いた絵で彼女を紹介してやれよ」

と、自称ロマンティストでおせっかいな尾ノ上は、彼の肩を何度も叩《たた》いて言った。イベントが画廊主の手を通さず学生主体だったことも、額の持ちだしを容易にした。

いまにして思う。

茜音はおそらく、死んだ母におもざしがよく似ている。

死の床で、ばあやは見えざる目で肖像を視《み》たのだろう。そうして若かりし母にそっくりな女が、〝苦笑に近い表情〟を浮かべ、自分を見おろしているのを目のあたりにしたに違いない。

――おれのせいだ。

蓮倉は唇を嚙んだ。

死に瀕《ひん》した彼女を刺激し、彼女の想いを暴走させたのはおれだ。すすめたのは尾ノ上だった。が、決めたのはおれ自身だ。

「咲子《さきこ》」

カーテンの向こうに立つ影を無視し、蓮倉はベッドの女を生まれてはじめて下の名で呼んだ。

「咲子。見えるか。おれの妻だ」

連れてきたんだ、わかるか――と。

だが彼が連れてきたのは、茜音その人ではない。今回もまた、彼自身が描いたあの肖像画だ。しかしベッドの柵《さく》にキャンバスをたてかけ、蓮倉はあたかもそこに生身の妻がいるかのごとく、昏々《こんこん》と眠る女に語りかけた。

「わかるだろ？　おまえに会わせるため、今日はいっしょに来たんだ。ここにいるのは息子の嫁じゃない。おまえが殺したはずの、おれの女房だ」

せいいっぱい父の声に似せ、蓮倉は台詞《せりふ》をつづけた。

「死なせて追いはらったつもりだったか？　あいにくだったな。おまえなんかに、そんなだいそれたことができるもんか。――妻は生きて、いまもおれといる。ほら、その証拠に、いまもおれの隣にいるじゃないか」

カーテンの向こうに立つ、影のような女がかき消えた。

と同時に、ベッドに横たわる女の眼がかっと見ひらいた。その双眸《そうぼう》にはぎらぎらと油膜のような激情が浮かんでいた。燃えるような憎しみと、殺意だった。

蓮倉はせせら笑った。

「憎いか？　そうか、そんなにおれの妻が憎いか。でもおまえにはなにもできやしない。だっておまえは、もうすぐ死ぬんだ」

腕を伸ばし、彼はナースコールを握りしめた。

手が震える。汗ですべる。だがぜったいに押さない。押すものか。

「恨むか、それとも祟《たた》るか？　それならやってみろ。ここにいるおれの妻を、また呪い殺してみろよ、さあ」

皮膚がざわつく。口の中に鉄の味がする。全身に、突き刺すような憎悪を感じた。冷えて粘い汗が、背中をいくすじもつたい落ちていく。

痛い。怒りと憎しみが刺さって痛い。棘《とげ》のようだ。熱くて痛い。

――痛い。

突然、気配がふつりと絶えた。糸が切れたような唐突さだった。

静寂が落ちる。

蓮倉はゆっくりと女の顔に掌をかざした。

なにも感じない。すでに、呼吸をしていない。

「死……」

言いかけて、言葉を飲んだ。

彼は立ちあがった。緩慢な仕草で、だが振りむくことなく病室を出る。

廊下には黒沼部長をはじめ、五人の学生たちが待っていた。蓮倉はキャンバスを森司に押しつけると、ものも言わずに歩き去っていった。

「……あれで、ほんとにだいじょうぶなんですか」

森司が部長を見やった。

「ばあやさんは、蓮倉さん一家を恨んだまま死んだんでしょう？　だったら蓮倉さんも、父親も、茜音さんも、無事で済むとは思えないんですが」

部長は顔をそらして、

「小泉八雲《こいずみやくも》ことラフカディオ・ハーンの『はかりごと』という短編があってね」

と言った。

「こんな話だ。お手討ちを宣告された罪人が、庭さきに引きだされた。罪人はあるじに向かって『どうしてもわたしを殺すというなら、きっと祟ってみせる』と叫んだ。あるじは『おまえの心がそれほど強いなら証《あかし》を見せろ。首を刎《は》ねられてなお、庭の飛び石にかじりついてみせるがいい。さすればわたしもおまえの祟りを信じよう』と告げた。罪人は『きっと嚙《か》みついてみせましょう』と答えた。そうして刎ねられた首は彼の言葉どおり、石にがっきと食いついて息絶えた。

一同は恐れをなし、かの罪人のなす祟りを恐れて暮らしたが、なにも起こらなかった。あるじは『死の間際、あいつの意志を復讐《ふくしゅう》からそらしてやった。やつは飛び石に噛みつくことだけを念じていた。そうしてその一念は遂げられたのだ。復讐など忘れて、やつは満足して逝ったのだよ』と家来たちに説いた。あるじの言うとおり、その後もやはり家に祟りや呪いなどはいっさいなかったという――」

肩をすくめる。

「それと同じだよ。ばあやさんの恨みは、死を迎える一瞬まで蓮倉さんの亡くなったおかあさんに向けられていた。彼女の頭からはすでに、蓮倉くんも茜音さんも消し飛んでいたはずだ。死んだばあやさんが若いふたりを邪魔することは、もうできやしないよ。だってほら、彼女の最期の一念はここにある」

と部長はキャンバスを指さした。

森司は腕の中を見おろし、目を見ひらいた。

肖像画は、肖像画ではなくなっていた。茜音の顔が描かれていたはずの部分には、見えない手でえぐったかのように、黒ぐろと深い穴が穿《うが》たれていた。

8

大晦日《おおみそか》の夜空は濃いインクブルーの色みを帯びて、薄墨を流したような雲を風に流していた。

日中はすこし陽が照ったが、零時近くともなるとさすがに寒い。インナーを二枚着こみ、その上に厚手のセーターを重ね、同じくぶ厚いコートをはおって、マフラーで鼻上までしっかり覆った。が、それでも寒いものは寒い。

ところは大学正門前である。

いちばんのりの森司はその場に足踏みしながら、ひたすらじりじりと皆を待っていた。ちなみに足踏みは、苛立《いらだ》ちゆえではない。じっとしていると、膝下《ひざした》からこまかい震えが立ちのぼってくるからだ。

歯の根があわない。耳が冷えすぎて、感覚がなくなりつつある。予報の降雪確率が二十パーセント以下なのだけが、かろうじて救いであった。

十分ほどして、

「ごめんごめん、待った？」

とあらわれたのは、部長と泉水の従兄弟《いとこ》コンビだった。泉水はコート一枚だが部長は森司に輪をかけた着ぶくれようで、おまけに髪がぼさぼさだ。

彼は苦笑顔で、

「トイレ行くふりして、台所の窓から逃げてきちゃったよ。いちおう書き置きしてきたから、誘拐だのなんだのと騒ぎにはなってないと思うけど」

と前髪を手で梳《す》いてみせた。

交差点の信号が青に変わる。すべりこむように、正門前へメタリックブルーのミニバンが横づけされた。一見コンパクトだが、七人乗りのホンダフリードだ。

運転席のウインドウがあいて、顔を覗《のぞ》かせたのは藍だった。

「あれ、こよみちゃんは？」

「まだ来てません」

森司が答える。

「向かってる途中かな。ちょっと待って。訊《き》いてみる」

と藍が携帯電話を取りだしかけたとき、

「すみません。遅れました」

声とともに、横断歩道を駆けてくるダッフルコートの小柄な影があった。まさしく当の灘こよみである。彼女は部長と森司の前で急ブレーキ気味に立ちどまると、

「ち、父をまくのに、ちょっと、手まどってしまって」

と盛大に息を切らしながら言った。

「ああ、そりゃたいへんだ。うちの親戚《しんせき》よりさらに手ごわそう」

と部長が笑う。

「どこから走ってきたの」

森司が訊くと、

「バッグも持ちだせなくて、コートのポケットの、小銭しかなかったんです。二丁目ま

での料金でぎりぎりだったので、そ、そこからは走って」

ぜいぜいと苦しげに言うこよみに、森司は目を剝《む》いた。

「あんな遠くから走ったのか。寒かっただろ。あの、早く乗って」

急いで森司は彼女のためにフリードのドアをあけ、二列目のベンチシートを倒してやった。

とはいえ灘家の父親の気持ちは、部外者である森司にもそれなりに理解できる。娘を持つ父というのは、どうしても過保護に、心配性になりがちなものだ。ましてや娘が並みはずれた美少女ともなれば、それはそれはもう一挙手一投足が気がかりで、毎日生きた心地がしないはずであった。

むろん森司は子供など持ったことはない。これからさき持てるかどうかもわからない。だがもしこよみのような娘ができたなら、「誰にもどこにも嫁にやらん」と己が鬼に化すことは容易に想像できた。

娘に近づく男はすべて排除するだろう。門限は夕方六時厳守を言いわたすだろう。よしんば「娘さんをください」と訪ねてくる男があろうものなら、たとえ相手がモナコ公国の皇太子であっても、

「貴様、どこの馬の骨だ」

と怒鳴りつけて叩《たた》きだすだろう。男親とはそういうものだ——たぶん。

後部座席に森司とこよみ、二列目に泉水と部長が乗りこむ。カーナビに電話番号を入

力し、藍が音声案内に従って車を走らせだした。

「あれ、どこ行くんですか」

座席から身をのりだして、森司が問う。

市内最大の参詣《さんけい》スポットといえば、陸上競技場近くの白山《はくさん》神社だ。てっきりそこへ向かうと思いこんでいたのだが、進路はまったくの反対方向である。

「白山さまは今日、激混みでしょ。駐車場もいっぱいだろうしさ、どうせ車だし、お山のほうにでも行ってみようと思って」

と藍が鼻唄《はなうた》まじりにハンドルを切る。

「みんな、年越し蕎麦《そば》まだ食べてないわよね？」

「蕎麦どころか、晩メシもまだだ」

泉水が投げだすように言う。

「ぼく無理に飲まされたせいで、ちょっと気持ち悪い」と部長。

「テレビ観ながら、親と出前の寿司食ってました。いつもは『ゆく年くる年』観て緑のたぬき食って寝るんですが、今日は締めの蕎麦はパスで」

と森司が言い、

「うちはおせちと茶碗《ちゃわん》蒸しと、のっぺい汁だけです。早寝の家系なのでみんないつもなら紅白の後半あたりで寝てしまうんですけど、なぜか今年は父が妙にがんばって起きていて」

と、こよみがため息をついた。

だがその父もさすがに大晦日ゆえ、妻子に再三すすめられた酒は断りきれなかった。朦朧《もうろう》としてきたところを「いまよ、行きなさい！」と母に叱咤《しった》され、着の身着のままで彼女は逃げだしてきたのだという。

その一部始終を聞いて、

「……ま、あたしがあとでフォロー入れとくわ。さいわいあたし、こよみちゃんのおとうさんに気に入られてるから」

と藍がハンドルをあやつりながら苦笑する。

「ぼくも子供の頃から知ってるけど、べつに嫌われてないよ」

と言う部長に、

「安牌《あんパイ》と見なされてるのよ」

「眼中にねえんだろ」

と、藍と泉水がしごく冷たく言いはなった。

フリードは街を抜け、薄暗い農道をひた走った。ネオンサインも街灯も、はるか後方へ見えなくなったあたりで、

『目的地周辺です。音声案内を終了します』

とカーナビが機械的な声で告げた。

舗装されていない砂利の指定駐車場に車を駐《と》め、鳥居の灯りに向かって歩く。山が近

いせいか、空気が澄んで、いっそう底冷えがした。

狭い石段に沿って、何重もの鳥居が重なるように建っていた。

奉納物らしく、鳥居の柱にはどれも寄進者の名と年が書きこまれている。どうやら手前が新しく、奥まっていくほど古いらしい。石段をのぼっていくと、次第に鳥居の塗りが剝《は》げて、地の木肌があらわになっていくのがわかった。

「ほら見て、お焚《た》きあげやってる」

藍が指をあげた。

なるほど、石段の頂上がぼうっと明るく煙って見える。夜闇に浮かびあがっては消えるオレンジの飛沫《ひまつ》は、きっと火の粉だろう。

最後の大鳥居をくぐると、ようやく境内であった。

思ったより参詣者が多い。拝殿の前も、お焚きあげの火のまわりも人でいっぱいだ。本殿はもちろんとして、御神籤《おみくじ》を売る社務所や、甘酒の大鍋《おおなべ》にも長い列ができている。

「あの甘酒って、たぶん無料……」

ですよね、と藍に尋ねかけて、森司はつづく言葉を飲んだ。

藍の姿がない。さらに言えば、部長も泉水もいない。慌てて振りかえると、こよみは背後にちゃんといた。思わず内心で安堵《あんど》の吐息をついてから、

「……おれたち、いつの間にはぐれたのかな」

声をかけると、

「歩いていれば、きっとそのうち見つかりますよ」

と、こよみが静かに言って微笑んだ。

拝殿の両脇では、古びて磨耗した稲荷《いなり》像が向かいあっていた。森司が吐息をつく。

「お狐さまかあ。なんか、モナリザ騒動の一件を思いだしちゃうな」

「そういえば蓮倉さんと茜音さん、祟《たた》りの気配もなく無事に暮らしてるそうですよ。来年五月に入籍予定だとか」

「へえ」

うらやましい、と言いかけてやめておいた。おとなしく賽銭《さいせん》を投げこみ、柏手《かしわで》を打ち、しばし手を合わせてから後ろの参拝客に急いで場所を譲る。

ちょうど社務所の真ん前に出たので、ふたりで御神籤を引いてみた。籤運のないことを自覚している森司が、おっかなびっくり、そろそろと紙をひらいていく。が、「大」の字も「中」の字もなかなか見えない。

大吉でも中吉でもないのか、ということは――と覚悟しながら残りを一気にひらいて、森司の目が点になった。

横に立つこよみを見やり、

「……〝平〟ってなに？」

と訊いてみる。

「あ、それ末吉の下です」

瞬時に答えがかえってきた。ということは、ぎりぎり凶ではないらしい。ないらしいが、あまり気分のよろしいものでもない。

ちなみにこよみが引いたのは中吉であった。

「平は枝に結ばなくてもいいもんなのかな」

「どうでしょう。すみません、わたしも実物は見たことなくて」

「うーん。あんま持ち帰りたくないから、いちおう結んでいくか」

玉垣を出て、境内まわりに植えられた木に向かう。低いところの枝はすでにいっぱいだったため、上に結ぼうかと腕をあげた瞬間、

〝ちゃりーん、ころころころ〟

となにかが転がっていくかすかな音を彼は聞いた。まさか、と慌ててぶ厚いコートをめくり、ジーンズのポケットに手を突っこむ。

その頬が、次第に青ざめていった。

もしものときにと常備していた五百円玉が、ない。

どうやら厚着していたせいでポケットの中身が微妙に浮き、腕をあげた拍子にインナーとともに持ちあがって飛びだしていったらしい。

慌ててしゃがみこみ、探したが見あたらなかった。灯りはついているとはいえ、なにしろ深夜零時の暗がりだ。おまけにこの人混みである。もはや探しようもなかった。

すっかりしょげてしまった森司に、

「あの、先輩。ええと……境内にはあるはずですから、思いがけず多めにお賽銭を払った、と思ってみるのはどうでしょう」

とこよみがつとめて明るく声をかける。

「ああ、うん、そうだね」

棒読み気味に森司は答えた。

こよみの気持ちは嬉《うれ》しい。嬉しいが、貧乏学生にとっては馬鹿にならない金額であることに代わりはない。まったく、どこが「平」だ。「乱」の間違いではないのか、とひっそり自嘲《じちょう》する。

しかたなく御神籤を枝に結びながら、せめてもと目を閉じて、

「来年こそ、こよみちゃんとなにかいいことがありますように」

と心の中で唱えておく。

まあどうせ賽銭箱に入れたところで、あとで宮司に回収されるだけだ。宮司相手にではなく神さまに直接支払ったのだと考えれば、まだあきらめもつくかもしれない。

「じゃあそろそろ、部長や藍さんたちを探し——……」

きびすをかえしかけて、森司は立ちすくんだ。

コートの裾《すそ》のあたりに違和感があった。そろそろと視線をおろす。

視線の終着点に、子供がいた。見慣れない子だ。森司のコートの裾をしっかと摑《つか》み、つぶらな瞳《ひとみ》で彼をじっと見あげている。

「えっと……」

森司は口ごもった。

「え、なに？　どこの子？」

しかし、子供は答えない。無言で彼を見つめるばかりだ。

こよみが幼い目線に合わせてしゃがみこみ、「迷子？　おとうさんとおかあさんは？」と尋ねる。やはり子供は答えず、かぶりを振った。

「……どうやら、この子もはぐれたみたいだな」

森司は眉《まゆ》をさげた。

自分たちとて仲間を見失ってしまった同類だというのに。まったく、これでは迷子の大安売りだ。

「どうしよう。でも神社の人に預けたほうがいいよな。デパートみたいにアナウンスはできないだろうけど」

「その前に一周してみませんか。親御さんのほうでもきっと探してるはずです」

狼狽《ろうばい》する森司に、こよみが言う。

「宮司さんに預けても、今夜は忙しくて警察を呼ぶくらいしかできないんじゃないでしょうか。大ごとにせず親御さんに帰せるなら、それがいちばんかと」

「そうだな」

森司はうなずいた。

とりあえず子供がこれ以上の迷子になってしまわぬよう、右手を森司、左手をこよみがしっかり握って歩くことにする。

見知らぬ大人に両手を拘束されているというのに、子供は騒ぎも泣きもせずおとなしいものだった。髪はやや長めで、可愛らしい顔立ちのせいで男の子か女の子かも判然としない。身なりは悪くないし、髪も歯もきれいだ。捨て子やネグレクトという可能性はまずないだろう。

迷子の子を真ん中に三人連れだって歩きながら、

――うん。これは間接的に、こよみちゃんと手をつないでいるということだよな。

と森司は自分に言い聞かせた。

人の流れになかば押されるようにして、もっとも混んでいる本殿に向かう。こよみと子供はいつの間にはじめたのか、

「二年参りの、りー」

「りんごの、ごー」

と小声でしりとりをやっていた。

本殿に参ったあとは、子供が甘酒の列を指さして動かないのでしかたなく最後尾についた。長い列に並んでいる間、森司もしりとりに加わった。

「かものはしの、しー」

「始生代の、いー」

「いるかの、かー」

「また〝か〟かよ……。八回目だぞ」

ぼやいていると、ようやく順番が来た。甘酒はさいわい米麹《こめこうじ》でつくった子供でも飲める品だそうで、名も知らぬ迷子はおかわりまでして飲んだ。

首をめぐらして探したが、我が子を探しているらしい親の姿は見あたらない。一周して結局もとの場所へ戻ってきたところで、子供がふっと森司を見あげた。

「ねえ、開けて」

「え？」

思わず問いかえす。

「ここ、開けて」

迷子の子は同じ台詞《せりふ》を繰りかえし、社務所の裏側の戸を指さした。だがその扉には、

見るからに重たげな南京錠がぶらさがっている。

森司は苦笑し、

「ごめんな。そこはおれ、開けられないよ。鍵《かぎ》がないもん」

と言った。

「ううん、あるよ。持ってる」

子供は両手を森司とこよみとつないだまま、目線をさげて体を揺すった。

森司はつないでいないほうの利き手を伸ばし、うながされるままに彼の服の下を探っ

てみた。

なるほど、確かにその子は長い紐《ひも》のついた鍵を首からぶらさげていた。いかにも年代物の鍵だ。南京錠と同じく、いちめんびっしりと緑青を吹いている。

首をかしげながら、森司は鍵を錠前に差しこんでみた。

すんなりと入る。まわす。

かちりと手ごたえがあり、扉がひらいた。

かすかに視界が揺れたような気がしたのは、ただの錯覚だっただろうか。

「こよみちゃん。——八神くん？」

背後からの声に、はっと振りかえる。

そこには藍と部長、泉水が立っていた。藍があからさまにほっとした顔で胸を撫《な》でおろし、

「よかったあ、心配したのよ。携帯に電話してもふたりとも出ないし、神隠しにでも遭ったかと思っちゃった。いったい二時間も、どこでなにしてたのよ」

「は？」

森司とこよみは、思わず目を見あわせた。

藍たちとはぐれてから、ふたりで参拝し、御神籤《おみくじ》を引き、迷子を拾って本殿に参り、甘酒の列に並んだ。甘酒を飲むまでに十分ほどかかったが、それでもトータルで二十分とかかっていないはずだ。

森司は慌てて手を振った。

「二時間なんて、まさか。それにおれたち、この迷子をですね——」

「迷子？」

怪訝《けげん》な顔をされ、はじめて視線をおろす。途端にぎょっと目を見ひらいた。なぜか森司の左手は、しっかりとこよみの右手を握っていた。

「うわっ」

声をあげ、思わず手を離す。

しまった、離さなければよかった、と森司は数秒後に気づいた。たとえ指摘されてもしらばっくれて、そのまましばらく握っていればよかった。だがすでにあとのまつりだ。かろうじて掌に残る柔らかな感触だけが、せめてもの記憶のよすがであった。

「え？　けど、なんで——？　ずっと三人でつないでたのに」

「ですよね」

こよみも呆然《ぼうぜん》としている。

背後を通りかかったらしい青い作務衣の男が、

「ああ、そらあんたら、うちの神さまにやられたんでねぇかな」

と笑いを含んだ声で言った。

お焚《た》きあげの火は、いつの間にか消えていた。男は灰と焼けのこりを集めた塵取《ちりと》りを片手に、にこにこ顔で立っていた。

「うちの神さま、とは？　氏神さまのことですか」

部長が訊《き》く。

宮司らしき男はうなずいた。

「そういうこと。おらだいの神さまはお狐さまらすけ、いたずら好きでな。人間の前にあらわれるときは子供の姿に化けて出るんだそうだ。あんたら、えがったな。神さまをじかに拝めるなんて、めったにねえことらて。お賽銭《さいせん》でもはずんだかね？」

ははは、と笑い声をあげ、男が箒《ほうき》片手に去っていく。

いま一度、森司はこよみと啞然《あぜん》と見つめあった。彼女と握りあっていた左手が、心なしかほかほかほかする。

時刻はとうに新年を迎えていた。

いつの間にか厚い雲の間から覗《のぞ》いた月が、しんと冷えた、だがやさしい光を境内に投げ落としていた。

第二話　灰白《はのじろ》い街灯の下で

HAUNTED CAMPUS

1

雪もよいの空の下を、ふたりの男がよろめきながら歩いていた。

ひとりはきちんとコートを着こんでいるが、もうひとりは薄手のニットセーター一枚きりだ。居酒屋で飲みすぎたせいか、店を出て数メートル歩いたところで「暑い、暑い」と言って脱いでしまったのである。

酔っぱらいを引きずり、かつ彼のコートまでかかえこまされた男子学生は、

「おまえ、いいかげんにしろよ。凍死するぞ?」

と呆《あき》れ声を出した。

「まっさかあ、八甲田山《はっこうださん》じゃあるまいし、市内で死ぬかよ」

「死ぬだろ。夏みてーにそのへんの道路でひっくりかえって寝てたら、朝には余裕で冷たくなってる」

「ないない。せいぜい風邪ひく程度だって」

げらげらと馬鹿笑いする友人に、男は口の中で舌打ちをした。まったく酒さえ飲まなきゃいいやつなんだが、ふだんおとなしいせいか酔うと一気に箍《たが》がはずれてしまうらし

い。おまけに帰り道がほぼ同じなせいで、介抱役は彼ひとりに押しつけられるのが最近のお決まりとなっている。

　ゼミの新年会なんかすっぽかせばよかった、と彼は胸中でひっそり後悔した。こんなことならあたたかい家でテレビを観ながら、愛犬の首でも撫でているほうが何十倍も楽しかっただろうに。

「——あれ、ここどこだ？」

　ふと顔をあげ、彼は立ちどまった。

　気づけばまったく知らない道に出てしまっている。酔っぱらいの戯言《たわごと》に受け答えしているうち、どうやら曲がる角を間違えたらしい。

　ずっしりと左肩に寄りかかっている友人が、

「なんだよ、迷子かあ？　困るよ、しらふのおまえが頼りなんだからさあ。おれはいま上下左右もよくわかんないんだから、あてにしちゃだめだぞー」

　と酒臭い息を吹きかけてくる。

「黙ってろよ、もう」

　友人の顔を押しもどし、彼は空を見あげた。頭上から白い羽のようなものが、ふわふわと舞い落ちてくる。

　やけに冷えると思ったら、あんのじょう降ってきてしまった。このお荷物の上に雪とは、新年そうそう踏んだり蹴《け》ったりだ。

じじっ、となため上方からかすかな音がした。

なんの気なしに音のほうを向く。

街灯の電球が瞬いていた。

いまにも寿命が切れそうに、ついては消え、ついては消えしている。眺めているうちに点滅は止まったが、ひどく暗い。

最近はどこの街灯もＬＥＤ化したもんだと思っていたが、といぶかしみながら、あたりを見まわした。

やはり覚えのない道だ。昼間ならおおよその見当はついたかもしれないが、夜道ではお手上げであった。しかも街灯がこの調子で、視界は最悪ときている。

もたれかかったまま、友人はかるいいびきをかきはじめていた。乱暴に肩を揺すり、

「おい、寝るなよ馬鹿」

と彼は友人を叱《しか》りつけた。

「んー……、ここどこだぁ？」

「知るか。おれにもわかんねえから困ってんだよ」

今度こそちいっとあからさまに舌打ちして、友人をかかえなおすと、彼は首をめぐらせた。

と、そこに『空車』のランプが灯《とも》っているのが見えた。

しばし目を疑う。

東京と違って、車社会の田舎では道端でタクシーを拾えることはめったにない。乗ろうと思えば、駅前か病院前のタクシー乗り場まで足を延ばすほかない。それがなぜ、こんな住宅街の一角で客待ちをしているのか。

しかし迷っている間はなかった。いいかげん重い酔っぱらいを支えるのも限界だ。彼は友人を引きずってタクシーに近寄り、

「すみません。ワンメーターでもいいですか」

と声をかけた。

「ああいいよ。帰りのついでに張ってただけだから」

のんびりした声で初老の運転手が答える。

「張ってた？」

「ま、いいから乗んなせて」

うながされるままに、彼は後部座席へ友人を押しこみ、自分も乗りこんだ。ドアが閉まり、タクシーが走りだす。

「で、どこまで？」

「ああはい。とりあえず桜山《さくらやま》のガストのほうに向かってください」

「桜山かあ、そりゃまたあんたら、思いっきり迷ったね」

運転手が笑う。彼はすこし慌てた。

「え、ここどこですか」

かえってきた答えは意外すぎるものだった。

ということは、迷ったなんてもんじゃない。大通りから、すでに曲がる道を間違えていたらしい。呆然となる彼に、

「まああんまり気にしねぇでいいさ。この道まで迷いこんできたのは、べつにあんたらだけでないからね。最近よくあるんだ。たまたま運が悪かったと思って、笑い話にしてしまいなせ」

「よくある——って？」

と訊きなおしたとき、ウインドウにもたれて眠っていた友人がなぜかむっくりと首をもたげた。

「ああ、おれも聞きたい。最近よくあるって、なんすかそれ」

「さあねえ。わたしにもようわからんのだけどねえ」

運転手は左折のウインカーを出しながら、

「なんだか知らんがここ二、三日、このへんを流してると、決まって迷子になった人があの街灯の下に立ってるのさね。いままでに七、八人は拾ったかな。みんな『なんでこんなとこに来たのかわからない』って不思議そうにしててね。おまけに口をそろえて『いきなり街灯の電球が切れて、暗くて往生した』って言うんだ。あの電球、ほかの街灯と同じく新品のはずなんだがねえ」

と言った。

「へえ、なんだか気味悪いっすね」

友人が相槌《あいづち》を打つ。

運転手はかるい笑い声をあげた。

「ま、こっちは客が拾えてありがたいけどね。新しくアパートが何軒か建ったせいか、あそこらは住民の入れ替わりも激しくてさ。聞いたとこじゃ、連続で空き巣騒ぎも起こってるらしいよ。物騒なこった。あの街灯も、たぶん最近来た誰かのいたずらじゃないのかね」

「ああ、住人が変わると、地域の民度も変わりますもんね」

運転手と友人の会話をぼんやり聞きながら、

――でも、ただのいたずらだとしたら、なぜみんな道に迷うんだ？

と彼は内心でつぶやいた。

まさか進路を誤るよう、誰かがこっそり誘導しているわけでもあるまい。たとえ意図的に誘いこんのだとしても、あの街灯の下に立たせて、戸惑わせて、それがなんだというんだ。

――馬鹿馬鹿しい。江戸時代の妖怪《ようかい》じゃあるまいし。

鼻で笑う。運転手の相手を友人にまかせ、目を閉じる。タクシーの振動が心地よかった。ふたりの声を子守唄《うた》がわりに、いつしか彼はうとうととぬるい眠りに落ちていった。

夢には犬が出てきた。犬の首を掻《か》いてやっている、いたって平和な夢だ。

目的地に着く頃には、すでに午前をまわっていた。

料金はだいぶしらふに戻った友人が「迷惑料だ」と全額払ってくれた。そうして一晩寝ると、彼の頭からは妙な街灯のことなどすっかり抜け落ちてしまっていた。

思いだしたのは、週明けの月曜のことだ。

自宅でテレビのニュースを見ていると、どことなく見覚えのある風景が映ったのである。

あの家並み、あの街灯。夜闇のせいで雰囲気こそ違えど、間違いない。確かにあのとき迷いこんだ、あの小路であった。

『昨日午前十一時ごろ、本湊町《ほんみなとちょう》の関根良一《せきねりょういち》さん方で、住人の男性が玄関付近で倒れて死亡しているのを、訪れた近所の住民が発見し通報しました。男性は長男の幹也《みきや》さん、二十四歳。腹部に刃物で刺されたような傷があり、警察は事件性ありとみて捜査する方針……』

アップで映しだされているのは、くだんの街灯の真ん前に建っていた家だ。

まわりにイエローテープが張りめぐらされ、鑑識とおぼしき制服の一団がせわしなく出入りしている。見るからにものものしい空気だ。

われ知らず、彼はごくりとつばを飲みこんだ。

2

「……という話をうちの学生から聞きましてね。奇妙な事件だと思ったものですから、新聞部《うち》でその町内に取材を申しこんだんです」

得々とそう言ったのは、やや小太りの男子学生だった。

チェックのネルシャツの裾《すそ》をジーンズにきっちり押しこみ、いまどきめずらしい七三分けの髪型で、黒沼部長よりぶ厚い眼鏡をかけている。

熊沢《くまざわ》と名のったその男は「雪越大学学生新聞部」の、代替わりしたばかりの新部長なのだそうだった。ルックスこそ冴《さ》えないが、やけにしゃきしゃきと動く滑舌のいい男である。

「息子さんが亡くなってすぐのおうちに、学生新聞の取材？　それってちょっと無神経すぎないかしら」

と眉《まゆ》をひそめる藍に、

「いやいや、さすがに関根さんの家には、お線香をあげにうかがっただけです。取材は町内会長さんに申しこんだんですよ」

と慌てたように熊沢は手を振った。

彼は長テーブルをへだてて、部長の正面の椅子に座っている。いつもならそこは「相談者」の席のはずだが、熊沢はこのオカ研の部室へ相談に訪れたのではなかった。訪問理由は、くだんの町内会長に願い出たのと同じく「取材」である。

部長は熊沢からもらった名刺をためつすがめつし、

「へえ、歯学部なんだね。じゃあ小山内陣《おさないじん》くんて知ってる？　うちの灘こよみくんの幼《おさな》馴染《なじみ》なんだけど」

と微笑んだ。

熊沢が苦笑する。

「そりゃもちろん。今年のミスター雪大ですし、そのせつはみっちりインタビューさせてもらいましたよ」

その片頬に微妙な反感を読みとったのは、けして森司の気のせいではないだろう。なにしろ小山内陣は身長、家柄、ルックス、将来性とすべて文句なし。はっきり言葉に出さないまでも、

「もてちゃってすみません。自分じゃそんなつもりはないんですが」

と存在と物腰で主張しながら歩いているような青年だ。その場にただ立っているだけで、同性の半分を瞬時に敵にまわせるタイプの男である。余談だが彼はこよみに想いを寄せており、そういう意味でも森司にとっては敵、いや強敵と言えた。

「で、ぼくらに訊《き》きたいことってなに？　いまちょうど暇だから、わかる範囲でのことなら答えるよ」

フルーツロールケーキをほくほくとフォークで切り分けながら、黒沼部長が言った。

このロールケーキはほかならぬ熊沢の手土産だ。ジャーナリスト志望というだけあって、さすがにリサーチ力は高いらしい。甘党の部長はすでに相好を崩しているし、さっき苦言を呈したばかりの藍も、目の前のケーキの誘惑には勝てないらしくさっそくぱくついている。

ちなみに今日のコーヒー係は森司であった。こよみが講義でいないときは、自然といちばん下っ端の彼が引き受ける流れになっている。

「ええとですね、その前に、まずおおよその事件概要からご説明しようと思います」

くいっと熊沢が眼鏡を押しあげた。

バッグから取りだしたタブレットを膝《ひざ》に置き、ちょんちょんと指で操作しながらメモ帳アプリのまとめを読みあげる。

「事件の起こった町内は、最近ちょっとしたトラブルつづきでした。まず空き巣が連続で数件。放火か失火かわからない小火《ぼや》騒ぎが二件。また、部活帰りの女子高生が見知らぬ男に抱きつかれそうになったり、飼い猫が盗まれるという事件も起こっています」

「どの事件も、犯人は捕まってないの？」

部長が問う。

熊沢がうなずいて、

「捕まったのは、女子高生に抱きつこうとした痴漢野郎だけです。かばんで殴られてあえなく逃げたそうで、さいわい女の子に被害はなし。余罪があったそうで、すぐ逮捕されました。なんとこいつ、もと中学校の教師だったそうで、じつはその学校でもいろいろと問題を……」

言いかけて、咳《せき》ばらいする。

「すみません。脱線でしたね。ともかくこの痴漢は、町内にたてつづけに建てられた新築アパートの住人でした。このアパート群が建って以来、ごみ捨てのトラブルだの、深夜の騒音苦情だのが絶えなくなったそうで、そこへもってきてこの逮捕劇です。古くからの住人たちと、アパート住人たちの間はさらにぎくしゃくしてしまった」

「なるほど。そりゃあ町内会長さんも頭が痛いね」

部長が顎《あご》を撫《な》でた。

「あのあたりは古い住宅街だから、住民はみんな長年の顔馴染《かおなじ》みばかりだろう。そこへアパートやマンションが建って若者がどっと入ってきたら、多かれすくなかれ軋轢《あつれき》は起こるだろうさ。治安が悪くなると、地価がさがるおそれもあるしね」

「そうなんです。だから町内会長さんもかなりぴりぴりしてました。痴漢は逮捕されたが、空き巣やペット泥棒はまだ野ばなしだ。古くからの住民たちの中には、

『新入り連中がやったに決まってる。警察に家宅捜索させろ』

なんて息まく人たちもいたそうでね。これ以上の争いは困ると、会長さんは日中の見まわりを強化したと言ってました。ところが今度は、別の角度からおかしな事件が起こ

りはじめたんです」

熊沢は思わせぶりに言葉を切って、

「それが、うちの学生も目撃したという例の〝迷わせ街灯〟ですよ」

「迷わせ街灯？」

「いや、これはおれの命名ですけどね」

と熊沢が肩をすくめる。

藍が横の部長を見やった。

「なんだか本所《ほんじょ》の七不思議みたいなネーミングね。確か〝迷い提灯《ちょうちん》〟とかいうのがなかったっけ？」

「お江戸《えど》は本所七不思議のあれなら〝送り提灯〟だね。導くような提灯の火が見えるので近づいていくと、ふっと灯りが消えてそこにはなにもない、ってやつだ」

部長のいらえに、熊沢が首を縦にする。

「言われてみればすこし似てますね。しかしその提灯は近づくと消えるっていうだけで、あとはなにもないんでしょう。でも今回のは違う。迷わせて誘導した先に、本物の死体があったんですから」

彼はふたたびタブレットに目を落として、

「関根さん宅はご両親と、長男の幹也さんの三人暮らしでした。幹也さんは市内の会社に勤めていて、父親は今年の春に定年退職済みです。なお両親ご夫妻は『退職記念に海外旅行で留守にする』と町内会長さんに事前報告をして、今月の五日から不在でした。だからそのとき、家には幹也さんだけだった」

「自宅にひとりでいるところを刺されたわけだ」

「そうです。だから顔見知りの犯行という可能性が高い、と警察は睨《にら》んでいるようです。すくなくともご両親の旅行を把握していた誰かであることは間違いないですよ」

「でも町内会長には連絡済みだったんですよね？　だったらまわりのみんなだって知ってたんじゃないですか」

森司が問う。

熊沢はかぶりを振った。

「いやあ、さっきも言ったように町内は、旧住民と新入りの間に火花が散ってましたからね。関根さんご夫婦は防犯上いちおう町内会長に知らせたものの、同時に重々口止めもしていったそうです。『昼間は息子がいませんから、お手数ですがお目くばりお願いします。くれぐれもうちの旅行についてはないしょで』とね」

「会長が見まわりしてるんでしょう？　それでもまだ泥棒や小火騒ぎは起こってるんですか」

「だいぶ減ってはいるそうです。しかしまだ犯人は捕まってませんからね。自衛するに越したことはないってわけだ」

熊沢は言葉を継いで、

「ご両親が旅行に出たのが、五日の朝。幹也さんは会社があるので、いつもどおりに出勤しています。そして幹也さんの死体が発見されたのが十二日の午前。死亡推定時刻は八日の夜だそうです。つまり発見された時点で三日半がすでに経過していた」

「冬だから発見が遅れたのかな。死体の傷みもすくないだろうし、窓は締めきっているから臭いも洩《も》れにくいしね」

部長がしごく冷徹なコメントを発する。

熊沢が「ですね」と言い、

「ちなみにうちの学生が十一日の夜に乗ったタクシーの運転手が、『ここ二、三日、あの道に迷いこんでくる人が増えた。暗い街灯の下でうろうろして困ってるところを何人も拾った』と証言しています。幹也さんが刺されたのが八日ですから、異変が起こりはじめた頃とほぼ一致していると言えますよね」

「なるほど」

部長が幾度かうなずく。

「そういえば被害者の長男を発見したのは誰なのかな。ニュースによると、帰宅したご両親ではなかったようだけど」

「町内会長です。『電球が切れかけている街灯があるようだ』との訴えを聞いて、たまたまいっしょにいた民生委員と見に行ったんだそうです。去年の夏いっせいにLED電球に取りかえたからまだまだ寿命のはずはないので、不良品かなと思っていたらしい。

そうしたら関根さんのお宅の玄関前に、濡《ぬ》れた回覧板が立てかけてあるのを発見した、ってわけです」

と熊沢は言った。

回覧板を見た町内会長は「あの家はいま、ご夫婦が旅行で留守なんだよ。出発前にうちに挨拶《あいさつ》して行かれたんだ」と説明したという。

しかし民生委員は、

「でも息子さんがいらっしゃるでしょう。だったら回覧板が濡れる前に回収するんじゃないですか。雪が降りだしたのは一昨日《おととい》ですよ」

と首をひねった。

日曜だし在宅かな、と彼らはチャイムを鳴らしてみることにした。が、応《こた》える声はない。試しにドアノブを引いてみると、施錠されていないらしくドアがあいた。

すると扉の隙間から、三和土《たたき》に倒れている男が見えた。横に見える黒いものは、どうやら固まりかけた血のようだ。ふたりは仰天し、そこでようやく一一〇番通報が為《な》された。

警察から報《しら》せを聞いて、両親は急遽《きゅうきょ》帰国した。しかし犯人に心あたりはなく、被害者には金銭トラブルも恋愛のもつれもなかったという。捜査はすすめられているが、いい続報はいまだ聞かない、というのが町内会長の弁だそうだ。

「ちなみに幹也さんの死体発見後、問題の街灯は問題なく灯《とも》っているようです。だから電球が不良品だったということはなさそうだ。また、迷いこんでくる人もぱったり絶えたということです」

ふいに、熊沢はタブレットから顔をあげた。

「さてここで、オカ研のみなさんにお聞きしたい。——幽霊が『死体を早く見つけてくれ』と、電気や火を介して生者にサインを送ることは可能でしょうか？」

部長が片目をすがめる。

「ということはつまり、きみは亡くなった息子さんの念が、その街灯に影響を及ぼしていたんじゃないかと考えてるわけね」

「いや、もちろん仮説ですよ」

笑って熊沢は手を振った。

「馬鹿げた仮説なんだが、どちらにしろオカルティックな要素まじりの事件だということは間違いないでしょう。だからここはぜひ参考意見をうかがいたいと思って、お邪魔した次第です。なにしろ雪大のオカ研といえば、おかしな事件や相談を受けつけては解決することで有名ですしね」

語尾のあたりは、おもねるような口調だった。

そのお世辞を聞き流して、

「うーん。……これは、いわゆるSLIってやつの一種なのかなあ」

と、部長はからになったケーキの皿を机の端に押しやった。

熊沢が眉根《まゆね》を寄せる。

「エス……？　なんです？」

「ストリート・ランプ・インターフェレンス。略してＳＬＩ。みずからを『電気人間現象研究の第一人者』と称する変わり者の学者がイギリスにいてね、ヒラリー・エヴァンズっていうんだけど、この人が提唱して、ほとんど一人で研究をつづけてると言っていい現象だ。データ交換協会なんてのも作ってるらしくて、これがストリート・ランプ・インターフェレンス・データ・エクスチェンジ。略してＳＬＩＤＥ」

「はあ」

彼は気の抜けた相槌《あいづち》を打った。

「まあ、直訳すれば〝街灯干渉〟だね。日本人のぼくらにはこっちのほうがわかりやすいから、ひとまずこの名称で呼ぶとしよう」

と部長はひとさし指を立てた。

「はっきり言って、かなり地味な超常現象だよ。報告例のほとんどは『自分が近づくと、街灯が消える』というものだ。意図的に消せると主張する者もいれば、なんだかわからないがあたりがどんどん暗くなる、と戸惑うだけの者もいる」

「なにそれ。わざと消したんじゃないとしたらなんだっていうの？」

と藍が訊《き》く。

部長は顎《あご》を撫《な》でて、

「そこがよくわからないんだ。いちおう英国心霊現象研究協会の実験対象ではあるらしいんだが、内実はそのエヴァンズって人がほぼひとりでデータを集め、ひとりで研究してるようなもんらしいからね。超がつくほどマイナーな現象なだけあって、報告例も多くない。なぜそんなことが起こるのか、そこからどうなるのか、結論が出せるに足るほどのデータがないみたいなんだよ」

と言った。

「その数すくない例の中で、典型的なものと言ったらこれかな。ある夜に車で走っていた警察官が体験したことらしいんだが、

『街灯に照らされた通りに曲がると、わたしの車の半径三メートル以内に入った街灯が次つぎ消えていったんだ。振りかえると、街灯が六本すべて消えていた。同じ通りを逆方向へ走ったときも、街を走っている間じゅう、街灯が八キロほどの区間で消えつづけていた』そうだ」

彼はコーヒーで唇を湿して、

「また、〝意図的に消せる〟と主張した人の典型的な証言はこういうものだ。

『ある晩アパートの前を通りかかると、庭園灯が消えた。だがさらに近づくと、また点《つ》いた。翌晩もまったく同じことが起こったので、これはひょっとしたらわたしのせいなんじゃないかって気がした。試しに精神を集中してみると、好きなときに消せることがわかった。どんな灯りでも消せるってわけじゃなかったが、対向車のヘッドライトを消

したり、はたまたランダムに点いたり消えたりする照明を止めることもできた』――とね」

　愛用のマグカップに砂糖を山盛りで足すと、部長は言葉を継いだ。

「これだけ聞くと、オカルトとしても超能力としても、たいしておもしろい現象じゃあないよね。だが念力能力者――いわゆるPKの持ちぬしが力を自覚するときのきっかけなんて、こんなもんなんじゃないかなと思ったことを覚えてるよ。たいした力のない人は街灯干渉どまりで終わり、さらに伸びる人は念力能力者になっていくのかな、って」

「つまり、どういうことです？」

　熊沢が尋ねる。

　あいまいに部長はかぶりを振った。

「つまり、ぼくとしちゃ熊沢くんの仮説をけして否定はしないってこと。そう高度でもなければ、訓練が必要なほど複雑でもない能力だ。この世に念を残して化けて出る程度に意志が強い人なら、電気のオンオフくらい操れてたっておかしくないだろうさ。導かれてきた人たちは、きっと彼と〝波長の合う〟人たちだったんだろうしね」

　そう言い終えて、

「八神くん。今日のコーヒー、濃すぎるよ。こないだ『薄い』って藍くんが文句つけたから豆を足してみたんだろうけど、今日のは入れすぎ」

　と口をとがらせた。

3

雪が降りはじめていた。

十二月は降っては消え、降っては消えでなんとかしのいだが、今日は朝からぐっと冷えこみ、夕方には大粒の霰《あられ》が降った。

氷の粒でアスファルトをうっすらと覆ってしまうと、空から降り落ちる白は牡丹雪《ぼたんゆき》に変わった。これはどうも、根雪になりそうな気配だ。

——見てるだけで寒い。

内心でつぶやき、森司は厚いカーテンをぴたりと閉めきった。

室内は灯油ストーブであたたまっている。ちゃぶ台の前にはマイクロファイバーの膝《ひざ》かけと、座布団サイズのホットカーペットが用意されている。

どちらも年内いっぱいでアパートを退去した先輩から、無料で譲りうけた品だ。彼は無事故郷にUターン就職が決まり、卒論も出し終わり、

「次に来るのは卒業式だ。欲しいもんがあるならなんでも持ってけ」

と、太っ腹に家具やら家電やらを後輩たちに大放出していったのである。

森司が訪ねていくと、冷蔵庫やテレビ、DVDプレイヤー、パソコン、使用済みAVコレクションといった大物はすでにかっさらわれたあとであった。

彼はひかえめに「冬を越すための防寒グッズをください」と先輩に頼み、この膝かけとホットカーペットと、そして卓上コンロを譲りうけた。

この卓上コンロが、思いもかけず大活躍であった。

さらにリサイクルショップで見つけた萬古焼《ばんこ》のひとり用土鍋《どなべ》が、森司の食生活を一変させた。貧乏パスタばかりだった彼の食卓に、「鍋」という強力なレパートリーが加わったのである。

レシピはごくシンプルだ。まず特売のときに鶏肉か豚バラ肉を買い込んでおき、同じく特売の旬野菜とともに土鍋で煮る。基本はこれのみで済む。

もやし、きのこなどを足すと嵩《かさ》増しにもなるし、おまけに美味《うま》い。ポン酢とゆず胡椒《こしょう》でいただき、余った汁にこれまた業務用スーパーで買った冷凍うどんをぶちこんで食べるともっと美味い。

締めのうどんをよりよく味わうには、肉のかけらなどを意図的にすこし残しておくのがコツである。どうしても肉が買えないときは、天かすや薄揚げでも代用がきく。

簡単で安くてあたたまる、雪国の貧乏学生にとってはまさにうってつけの夕飯メニューであった。

明日は味噌《みそ》か塩味の袋ラーメンを投入してみよう、と考えつつうどんを啜《すす》っていると、携帯電話が鳴った。

メールでなく電話の着信音だ。表示された名は『板垣果那《いたがきかな》』であった。

「もしもし、八神？」

かん高い果那の声が耳もとで響く。

「おう、どうした？」

「どうしたじゃないわよ。クリスマスプレゼントの件、報告待ってたのにさ。あれからぜんぜん音沙汰《おとさた》ないから、なんかまずったのかと心配してたんだからね」

「ああそっか。ごめん」

森司は頭を掻《か》いた。

板垣果那は、高校三年間を通しての元クラスメイトだ。大学は離れたが、果那が雪大歯学部の小山内陣と同じインカレサークルの所属という縁で、つい最近再会した。

森司にとっては数すくない、気やすく話せる女友達というやつであった。

「で、どうだった。灘さん喜んでた？」

「と思う。いやほんと、そのせつはありがとな」

見えないとはわかっていても、森司は思わず果那を片手で拝んだ。

去年のクリスマス前、こよみに「なにが欲しいか」と訊くと、

「みんなで写っている写真」

と答えがかえってきた。それはそれで納得したのだが、やはり写真だけというのはさびしいな、と彼は思った。

再度コンビニで雑誌を立ち読みし、ネットで検索し、女の子の喜びそうなプレゼント

を考えてみたが、どうもいまひとつぴんとこない。

　というわけで森司は、最終手段として板垣果那を頼ったのである。

「付きあっていない女の子に対して贈るプレゼントとして、重くもなく、迷惑でもなく、無難に喜んでもらえるものってなんだろう」

　森司が電話口で訊くと、

「実用的でかさばらなくて、適度にかわいいものならなんでもいいんじゃない」

と果那は、あからさまに面倒くさそうな口調で応じた。

「それがわかんねえから訊いてんじゃねえか」

「なんでわかんないのよ。この時期、テレビでもネットでもその手の特集やりまくってるじゃない」

「知ってるよ。だからおれだっていろいろ調べてみたんだって。けどいまいち、これだ！　って思えるもんがなくてさ。それに女の子が思う〝かわいい〟と、おれらが思う〝かわいい〟には、埋めがたい差があるって雑誌にも書いてあったし」

「ああもう、ぐだぐだとうるさい」

　いったん電話を切り、数分後に果那は「こん中から選べば」とラインでURLを送りつけてきた。

　アクセスしてみると、いかにも女の子が好きそうな雑貨だの小物だの、部屋着だのインテリアだのがずらりとそろったカタログのようなサイトであった。

「あたしはヴィヴィアンとかアナスイが好きだけど、灘さんならもうちょい落ちついたブランドのほうがいいんじゃないかな。ま、探してみなよ」

とメッセージを寄越《よこ》したきり、森司に礼を言う間も与えず果那はラインを切った。

が、そこからさらに森司は数日悩んだ。

サイトを眺めているうちなんとなく理解したが、どうやら『アクセサリー、時計、財布』といった直接身につけるものは、彼氏以外の男が渡していいものではないらしい。とくに指輪は鬼門のようだ。そういえば去年のホワイトデイのとき、藍にもその点を重々注意された記憶がある。

人気ランキングには『バスソルト』や『バスオイル』などという文字も見えた。が、これは当然だめだろう。いかにも女の子の入浴シーンを想像しているようで「なにこの人、いやらしい」と思われかねない。部屋着や寝具などというのも以下同文だ。

ランクにはマニキュアや香水などという品も入っていた。しかしこよみはどちらもつけないようだし、第一好みがわからない。サプライズでどうこう、という項目も見つけたものの、これは上級者用だと判断し、そうそうに読みとばした。

そうして悩みに悩んだ末、選んだのがキイケースだ。

多機能付きデジタルフォトフレームと最後まで迷ったのだが、いかにも「おれの写真をここに、さあ」と主張しているようで、恥ずかしくなってやめた。

ちなみにそのフォトフレームは自分用に購入した。藍からもらったこよみとのツーシヨット写真を入れて、いま現在しっかりと部屋に飾っている。

「ちょっと八神、聞いてんの？」

受話口から大声を出され、慌てて森司は携帯電話を耳から離した。

いけない。通話がまだつながっているのを忘れて、つい自分の考えに沈みかけていた。

彼は「ごめん、聞いてるって」と果那に謝って、

「……そういやおまえ、まだ灘とメールしてんの？」

と、以前から気になっていたことを、おずおずと訊《き》いてみた。

「たまにね」

果那があっさり認める。

「灘さん、天然でおもしろいんだもん。感性がいろいろあさっての方向っていうか」

「でもおまえと灘に共通の話題なんてあるか？」

「はあ？　馬鹿ね」

森司の問いを、果那は鼻で笑った。

「歳ごろの女の子同士が話すことと言ったら、そりゃー恋愛関係に決まってんでしょ」

「れ、恋愛」

思わず声が裏がえった。

聞き捨てならない。「そうかそうか、女の子ってかわいいなあ」などと、鷹揚《おうよう》にスルーできる場面ではとうていない。

森司は思わずごくりとつばを飲みこみ、声を低めた。

「あの、それは……具体的な話か？　つまりその、なんていうか、現在進行形で相手がいて、っていう」

せいいっぱい探りを入れたつもりだった。

が、果那はそれには答えず、

「いやー灘さんすごいわ。マジですごい」

「な、なにが」

森司がうろたえ、青ざめる。

「聞いて驚け」

と果那はほくそ笑み、

「あのねえ、灘さんいわくその男は、『やさしくてかっこよくて、おしゃれで清潔感があって、運動神経抜群で勇気があって男らしくて、にっこり笑うと白い歯がさわやかで、なのに気どってなくておしゃべりすると楽しくて、三百六十度どの角度から見ても、理想の王子様そのものの人。ずっと前から知ってるのに、いまだに面と向かうと緊張しちゃってうまく話せない』んだってさ」

とひと息に言った。

携帯電話を耳にあてたまま、森司は口を半びらきにしていた。

たったいま果那が言いはなった台詞《せりふ》が、耳の奥でわんわんと反響する。

格好いい。運動神経抜群。おしゃれ。清潔感。白い歯。ずっと前から知ってる、理想の王子様。

全身の血が引いて、足もとまで落ちていく気がした。虫の羽音のごとく耳鳴りがする。視界がぶれ、空気がひどく薄く感じる。

――それって、まるっきり小山内のことじゃねえか。

いや、わかっていた。確かに小山内陣と自分とでは差がありすぎる。

かたやミスター雪大に選ばれた美男子で、しかも現役合格の歯学部。新車のプリウスを乗りまわし、新入生勧誘の広告塔にも使われるような男だ。

それに比べ森司はといえば、顔も背も頭の出来もいたって凡庸。一年浪人して入学し、金なし車なし肩書きなしの、どこへ出しても恥ずかしい平民中の平民である。

――わかってはいたが、いざ目の前に突きつけられると。

きつい。いや、きついなんてもんじゃない。心臓の奥の奥まで、ぐさぐさと刺さる。

受話口からは、まだ果那の声がつづいていた。

彼女の「あばたもえくぼ」、「恋は盲目」、「灘さんマジ天然」という台詞は、放心する森司の耳をきれいに右から左へ素通りしていった。

その後、どうやって通話を切ったかも覚えていない。

首までどっぷりと深く濃い絶望に浸ったまま、森司は布団の中でせつない朝を迎えた。

4

「おはようございます」

どんよりとした空気を背負ったまま、森司は部室の引き戸を開けた。

寝起きの気分は最悪だった。今日は講義もなにもかも休んでしまおうかと思ったのだが、結局未練たらしく大学に足を向けてしまった。

しかしそんな彼の思いも知らぬげに、黒沼部長はいたって明るかった。めずらしく今日は部室に彼ひとりらしい。屈託のない笑顔で森司を手まねき、

「いいとこに来た。八神くん、ほら見て」

と右手の朝刊を掲げてみせる。

「はあ、なんです」

およそ覇気のない返事をかえしつつ、彼は部長の手もとを覗《のぞ》きこんだ。

三面に『本湊町の長男殺害事件、容疑者を逮捕』の文字が躍っている。その横にはややちいさいフォントで『大学新聞部の学生、お手柄』と付けくわえられていた。

森司は顔をあげた。

「これって、ひょっとして」

「そう、この前うちに取材に来た新聞部の熊沢くん」

部長がうなずく。

へえ、と森司は目を見はり、記事にざっと目を通した。

『本湊町の自宅で十二日、会社員関根幹也さん(24)が玄関先で発見された殺人事件で、県警は二十日、同市内に住む新聞配達員の男を殺人容疑で逮捕した。男は容疑を認めている。県警の発表によると、容疑者は八日夜から九日未明にかけ、関根さんの自宅に押し入り、腹部などを刺して殺害した疑い……』

「連続空き巣事件も、どうやらこの新聞配達員の犯行だったらしいよ」

差し入れのフィナンシェをぱくつきながら、部長が言った。

「関根さんのご両親は、旅行のことを町内会長さんにしか知らせていかなかった。だが家に残った長男がどうやら『おれはどうせ読まないんだから、その間もったいない』と思ったらしく、十日ほど朝刊の配達を止めてくれと販売店に電話したようだね。で、それを聞いた配達員の男が、てっきり留守なんだと思いこんで夜中に侵入したわけだ」

「でも家には、長男の幹也さんがいた」

「そういうこと。侵入する際に電気がついていれば犯人もそこで『あ、中に人がいるんだ』と気づいてあきらめたんだろうが、運わるく幹也さんはすでに就寝中だった。ごそごそと物色する音で目を覚まし、様子を見にいったところで彼は犯人とはちあわせしたんだろうさ」

部長はかぶりを振る。

「慌てた犯人は、幹也さんを刺して逃げた。幹也さんは玄関まで追ったが、そこで力尽きて倒れた。そして発見されたのが四日後の十二日――というわけだ」

「熊沢さんはいったいなにをしたんです」

森司の問いに、

「〝犯人は現場へ戻る〟の鉄則を信じて、関根さんの家の近くでずーっと張り込みしてたみたいだね。で、関根さん宅のまわりを何度もうろつく不審な男を彼は発見した。通報して警官に職務質問してもらったら、意外とあっさり自白したそうだよ。さすがに空き巣犯に殺人は、荷が重かったんだろうさ」

と部長は腕を組んで、

「余談だが、犯人は新築アパートの住人じゃなかったそうだ。新聞販売店からもかなり遠い、駅裏の借家に住んでいたらしい。だが配達区域ということもあって、住民同士の対立は知っていたんだろうね。わざと旧住民の家にばかり空き巣に入って、アパート住人が疑われるよう仕向けていたみたいだよ」

と言った。森司が顔をしかめる。

「たちが悪いですね」

「まったくだ。犯罪のリスクを理解するほどには賢くないのに、なぜか悪知恵だけははたらくんだね。古今東西、いちばんやっかいなタイプだよ」

と部長はため息をついた。

さてゼミの時間だ、と引き戸を後ろ手に閉め、森司は短い吐息をついた。

二年次のゼミは税務会計学コースを選んでいる。だがこれは仮登録のようなもので、

「公務員試験に強いゼミ」

「NPOや企業にコネの多い教授のゼミ」

等々を考慮に入れて、三年進級時に移動する学生はけっこうな数にのぼる。

年が明けても、森司はまだ移動するかどうかを決めかねていた。三年次のゼミ選びは将来を左右すると言っても過言ではない。しかしおおよその進路すら定まっていない彼は、入学時のサークル勧誘の群れに出会ったときのようにあちこちへと目移りするばかりだった。

——いやいや、こんなことじゃだめだ。

来年は三年だ。就職活動だってあるんだ。

だから、失恋ごときで落ちこんでいる暇などない。

そう己に言い聞かせたが、無駄だった。横殴りの強風と、霰《あられ》まじりの雪が体を叩《たた》く。傷心の身には骨まで沁《し》みるような冷たさだ。

女にうつつを抜かすなど軟弱な、と急ごしらえで硬派ぶってみようともした。が、それもやはり無理だった。

ともすれば脳裏にはこよみのはにかんだ笑顔や、鈴を振るような声、しとやかな仕草、

眉間《みけん》の深い皺《しわ》、射殺《いころ》すがごとき目つき等々が浮かんでくる。

身も心も凍える思いで森司は首をすくめ、マフラーに鼻先を埋めるようにして部室棟の廊下を歩きだした。

こよみに会いたい気持ちと、会いたくない気持ちとがせめぎあう。顔を合わせたとき、己がどんなリアクションを取ってしまうかわからない。まさか泣いてしまうことはあるまいと思ったが、いまひとつ自信が持てなかった。

とそのとき、向こうから歩いてくる人影が見えた。

ぎくりと森司は足を止めた。

息が詰まる。胸がこわばる。

だが、相手が廊下のなかばまで来たところで違うとわかった。こよみではない。同じく見慣れた顔ではあるが——あれは、藍だ。

ほっとしたような、死刑執行を先延ばしにされたような、複雑な感情に森司は見舞われた。歩み寄ってきた藍が怪訝《けげん》そうに首をかしげる。

「どうしたの八神くん、宇宙戦艦ヤマトのデスラー総統みたいな顔いろして」

「たとえが古いです。藍さん」

いちおう反駁《はんばく》してから、

「……いまはそんな、乗り突っこみをする心境じゃないんです」

と森司は顔をそむけた。

「なによ。どうしたの、辛気くさい」

「辛気くさくもなりますよ。あのですね、じつは……」

かくかくしかじか、と森司は昨夜の果那とのやりとりを、あらいざらいぶちまけた。

このやるせない気持ちをわかってもらおうと、「白い歯」だの「王子様」だの、言いたくもない単語まですべて口にした。

「——というわけなんです」

荒れ模様の空を背景に、半泣き顔で森司が締めくくる。

しかし藍はなぐさめてくれるでもなく、はたまた元気づけてくれるでもなかった。彼女はただ、

「ふうん」

と意味ありげな目つきで、森司をじろじろと頭のてっぺんからつまさきまで眺めまわした。そして、なぜか真顔でぽんと彼の肩を叩いた。

「ごめん。個人的な意見を述べて台無しにしちゃいそうな気がするから、ちょっとあたしはノーコメントにしとくわ」

言うが早いか森司の横をすり抜けて、部室に向かって歩きだす。

「え、ちょっと、藍さん」

「じゃね、がんばって」

呼びとめたが、彼女は背中越しに手をひらひらさせただけだった。ほっそりしたシル

エットが無情に遠ざかっていく。

廊下のいっとう北端で戸が閉まる音を聞きつつ、森司はひとりその場に立ちつくした。

——そんな、殺生な。

どういうことだ。いつも藍さんは小山内より、どちらかというとおれに味方していてくれたようだったのに。なぜ今日に限ってあんなに冷たいんだ。

あの視線は、そしてあの肩を叩く仕草にはどういう意味がこめられていたのだろう。

これはやはり、

「きみはよく粘った。だがしょせんここまでだ、お疲れ」

という宣告なのか。おれはこよみちゃんばかりか、先輩にすら見捨てられたのか。

懊悩《おうのう》する森司に、さらなる雪つぶてが横殴りに吹きつけていった。

5

昨夜から降った雪が凍り、さらに人の足で踏みかためられて硬い層となっている。さらに頭上からちらちらと舞い落ちる雪がその上へと積もって、すこしずつすこしずつ、高さを増していく。

すっかり銀世界と化した芝生をななめに横ぎり、講義を終えた森司は部室棟へと戻った。

引き戸を開けてすぐ目に入ったものは、ネルシャツのチェックがやや横にひしゃげた
恰幅《かっぷく》のいい背中であった。

「どうも、お先にあったまってました」

とにこにこ顔で熊沢が振りかえる。

本日の手土産はタルト生地に洋酒漬けの葡萄《ぶどう》がたっぷり載ったケーキだそうで、

「これ、早く食べないと洋酒が染みて生地がふやけちゃうんです。さあさあ、味が落ちる前にどうぞどうぞ」

と熊沢はいたって上機嫌だった。

今日の部室には、ひさしぶりに部員全員がそろったようだ。上座の部長を中心に、藍と泉水はいつもの席に着いている。むろんコーヒーの淹《い》れ手はこよみだ。ケーキの甘い香りと濃く淹れたコーヒーの香りとがあいまって、ちょっといいカフェでも訪れたような錯覚に陥りそうになる。

自分で買ってきたタルトにかぶりつき、

「後日おれ、警察から感謝状がもらえるらしいんですよ。いやあよかった。これで就活のとき履歴書の賞罰欄を埋められる。おれ、いままで賞とか栄誉とは無縁な半生だったもんで、アピールポイントがなくて」

と熊沢は笑った。

部長が問う。

「例の街灯は、あれからどうなの」

「問題ないようです。あの小路には関根さん宅の前に一本と、奥にもう一本立ってるんですが、どちらも皓々《こうこう》と灯《とも》ってます」

「じゃあご長男は無事に成仏したってことなのかな」

「だと思いますがねえ」

タルトの最後の一片を口に放りこんで、彼は首を縦にした。

両親は長男の死からいまだ立ちなおれていない様子だが、「犯人が捕まってよかった。せめてものなぐさめです、ありがとう」と熊沢にたいそう感謝していたという。

「この顚末《てんまつ》はさっそく記事にさせてもらうつもりです。刷りあがり次第、こちらにも一部お持ちしますね。部長さんの蘊蓄《うんちく》もＩＣレコーダのデータからそのまま文字に起こす予定ですので、そのせつはまたよろしく」

と頭をさげて、熊沢は帰っていった。

「――殺人事件があったっていうのに、あんなににこにこしてちゃまずい気がするんだけど」

引き戸が閉まるのを見守って、藍が向きなおる。

「でもまあ彼が事件解決の役に立ったのは確かだし、いまそこを指摘するのは野暮かしらね」

部長は苦笑した。

「ご両親が感謝してたっていう事実がすべてじゃないかな。心の痛みと喪失感を埋めるのは、それなりに納得いく結末と時間以外にはないはずだから」

「ま、不謹慎どうこうって言うなら、おれたちみたいな幽霊騒ぎにいちいち首突っこんでるやつらがいちばん不謹慎だしな」

と泉水が身もふたもないことを言う。

「八神先輩、お皿下げましょうか？」

こよみが手を伸ばした。

森司の肩がぎくりと跳ねあがる。その拍子にあやうくカップを落としそうになり、二、三度手の中でお手玉をする羽目になった。さいわいカップは割れずに済んだが、底に残ったコーヒーがこぼれて、チノパンツの腿《もも》のあたりに褐色の染みが点々と散った。

「先輩、おしぼりを」

「いやあの、だいじょうぶ。自分で拭《ふ》く。自分でやるから」

駆け寄ろうとするこよみを、森司は手で制した。

――だめだ、いまはこよみちゃんの顔をまともに見られない。

自分でも挙動不審になっているのがわかる。しかしどうにもできない。理性を総動員してさえ、目の奥は勝手に痛み、眼球が熱く潤んでくる。

渡されたおしぼりでチノパンツの染みを叩《たた》きつつ、自己嫌悪と悲哀と、ずきずき痛む心臓とをやるせなく森司はもてあました。

さて帰るかという時刻になって、部室を出る。

「どうした、八神？」

声をかけてきたのは、意外にも泉水だった。

他人に基本的に興味のない泉水ですら気づくほど、今日の自分はやはりおかしかったらしい。情けなく思うと同時に、胸の底に甘えが湧いてきた。

「いえ、あの」

すこし言いよどんでから、泉水を見あげる。

「いろいろあって……。よかったら今度、自棄酒《やけざけ》にでも付きあってくれませんか」

「無理だ」

即答された。

「そんな金はない」

「だと思いました」

あっさり森司はうなずいた。

想定の範囲内の答えである。というか、これはあきらかに自分が悪い。学費も生活費も自力で工面している苦学生の泉水に、おいそれとかけていい言葉ではなかった。

「すみません、忘れてください」

きびすをかえし、森司は足早にその場を駆け去った。

「おーい、おまえの奢《おご》りなら付きあうぞー」

と、やさしいのかやさしくないのかよくわからない泉水の台詞《せりふ》を背中に聞きながら、逃げるように彼は雪景色の外界へ飛びだした。

しかし悲嘆に暮れる森司をよそに、『街灯干渉事件』は急展開を迎えた。

同じ町内の違う小路で、また街灯が原因不明の点滅を見せるようになったのである。

6

「……すみません。たびたびお邪魔して」

心なしかげっそりした顔で、熊沢はオカ研の部室を再訪した。

今日の手土産は有名ホテルのロビーラウンジからテイクアウトしてきたという『塩キャラメルのオペラケーキ』であった。どうやら彼も黒沼部長に負けず劣らずの甘党らしい。顔に似合わず菓子のセレクトが凝っているというか、妙に繊細である。

「聞いたよ。また街灯干渉が起こりはじめたんだってね」

「そうなんです」

弱りきったように彼は眉《まゆ》をさげた。

「まさかまた殺人事件じゃないわよね？」

眉をひそめた藍に、熊沢が両手を振る。

「いやいや、違います。今回はほんとうに原因不明でして、なにがなんだか」

「では単純に、電球が切れているだけなのでは」

こよみが冷静に指摘した。

だがそれにも熊沢はかぶりを振って、

「それも違うんです。電球は二度交換しましたが、それでも点滅するんだ。おれも見に行きましたが、ぼうっと薄暗くなったかと思うと、ついたり消えたりをしばらく繰りかえし、また薄暗くなって、数分したらもとの明るさに戻る——という感じです」

「今回も同じ町内なんですか」

森司が問うた。

「そうです。ただし前回の関根さん宅からは、けっこう離れています。小路を出て左折し、次の次の角で曲がった先にある街灯がそれですよ。前とは異なる箇所もいくつかあって、ええと」

愛用のタブレットを操作し、熊沢は目をすがめた。

「まず毎晩起こるわけではないこと。道にさまよいこんでくる人がいないこと。そして最後にいちばん肝心なのが、街灯の真ん前に建つ家に、なんら異常が見られないことです」

「ああ、そこはもう確認済みなんだ」

オペラケーキをぱくつきながら部長が言う。

熊沢は深くうなずいて、

「そりゃもう、真っ先に町内会長さんを口説いていっしょに訪問しましたよ。もしやまた死体が、なんてことになったら大騒ぎですからね。でも――なにもなかったんです」

　心なしか落胆したように、彼は肩を落とした。

「くだんのおうちは榊原《さかきばら》さんと言って、会社員の父親、専業主婦の母親、小学六年生の長女、小学二年生の次女という家族構成です。去年の夏に引っ越してきたばかりで、ご近所トラブルのたぐいはいっさいなし」

　息継ぎをして、

「奥さんは愛想のいい人で、評判は上々です。子供たちは『道で大人に会ったら必ずあいさつするいい子』だそうで、とくに長女は転校してきたばかりなのに、三学期の選挙でクラス委員に選ばれたほどの優等生だということです」

　と言葉を切る。

「熊沢くんと町内会長が訪ねていったとき、応対してくれたのは奥さん？」

「いえ、玄関先のみでしたが、旦那《だんな》さんも出てきてくれましたよ。奥さんの後ろからは、おっかなびっくりといった様子で娘さんたちが覗《のぞ》いてました。一家四人全員の無事な姿を、確かにこの目で確認したってわけです」

　彼はふう、とため息をついた。

「でもやっぱり街灯干渉の現象はおさまらない。これじゃ、おれの仮説は間違ってたと認めざるを得ないですね。やっぱり〝死者の思念が街灯に影響をおよぼす〟なんて、荒《こう》唐無稽《とうむけい》すぎたなあ。こりゃ書きかけの記事は没にするしかないや」

と頭を掻《か》く熊沢を、

「でも、原因不明の現象はまだつづいてるわけでしょ？」

と部長はさえぎった。

「だったら荒唐無稽すぎたことを嘆くより、誤りだった点は誤りだと認めた上で、仮説の見なおしをしてみるのがいいんじゃないかな。事実、きみの働きで犯人は逮捕できてるんだしね。せっかく実績があるのに、使えそうなデータまで捨ててしまうのはもったいないよ」

熊沢が目をしばたたいた。

部長が指を組みなおす。

「仮説がくつがえされたせいで、確かに理由と目的は不明になってしまったろうさ。でも現象がおさまらないんだから、街灯に干渉しているなにものかはきっといるんだ。となればもう一度情報を新たに集めなおすしかないよね。いったん白紙に戻して、頭をまっさらな状態にして調査すれば、きっとなにか見えてくるはずと思うんだけど」

「そうか、そうですよね」

頬に血をのぼらせて、熊沢が拳《こぶし》を握った。

「仮説が崩れたら、またべつの仮説を立てなおせばいいんだ。そうだよ、基本中の基本じゃないか。ありがとうございます、黒沼さん。目が覚めました」

がさがさと騒がしい音をたてて、熊沢はタブレットを巨大なかばんにしまった。椅子を蹴《け》立《た》てて立ちあがり、ケーキの残りを口に押しこむ。

「さっそく聞きこみを再開するとします。ではまた」

片手をあげ、別れのあいさつもそこそこに嵐のごとく駆けだして行ってしまう。叩きつけるように閉められた引き戸を、森司は呆気《あっけ》にとられて眺めやった。

部長が明るい声で笑う。

「熊沢くんて、ほんと熱血でおもしろいよね。ちょっとうるさいのが難だけど」

「……ちょっとか？」

泉水が渋い顔で、ぼそりと応じた。


熊沢が「新たな聞きこみ情報のまとめです」と黒沼部長宛てにメールを送りつけてきたのは、三日後のことだった。

「ええとね、『新事実が判明しました。なんと殺人事件の前から、街灯干渉現象は起こっていたようです。ただし、べつの町内で』だって」

パソコンのアドレスに届いたメールを、そう部長が淡々と読みあげる。

メールの報告によると、一連の騒ぎがあった本湊町からかなり離れた〝小船井町《おぶないちょう》〟の四丁目から五丁目で、原因不明の街灯点滅現象が去年あたりからよく見られていたのだという。だが小船井町の住民はみな、

「ちょっと不便だけど、夜はそんなに出歩かないしいいか」

「接触不良かな」

と、とくに気に留めていなかったそうだ。

しかし小船井町から、現象はなぜか近隣トラブルの多い本湊町へ飛び火した。

ほぼ同時に小路にさまよいこむ酔っぱらいたちが増え、空き巣が頻発し、さらには殺人事件まで起こった。そうしてそこへ、街灯点滅現象と一連の事件群を関連づけて考える者があらわれた——というわけだ。それがつまり、当の熊沢である。

「目の前にある、派手な事件に飛びつきすぎました。ジャーナリスト志望のはしくれとしてお恥ずかしい。この責任はとります。さらなる聞きこみと張りこみで、必ずや真相を究明してみせます」

と熊沢のメールは結ばれていた。

「責任って、いったいなんの責任なんでしょうか」

森司が首をかしげる。

「犯人は無事に捕まったんだし、べつに熊沢さんの仮説が崩れたところで、迷惑をこうむる人はいないと思うんですが」

「まあいいじゃない、せっかくやる気になってるんだしさ。彼みたいな人がいないと、世の中さびしいよ」

悠然と部長は笑って、

「というわけで、みんなで孤軍奮闘する熊沢くんをねぎらいに行ってみない？　話題の街灯もいっぺん見てみたかったしさ。いまから行けば、ちょうどお昼ごはんの差し入れになるよ」

　と壁の時計を見あげた。

7

「……なんでおまえまで来るんだよ」

　小声で、森司は横を歩く長身の男にささやいた。

「だって殺人事件があった町内だって言うじゃないですか。せめてボディガード代わりにでもなれればと」

　と澄まし顔で答えたのは、歯学部在籍の小山内陣だ。

　雪越大学は医歯学部と、その他の学部とで通うキャンパスが異なる。所属サークルも違う小山内は本来こちらの部室棟になど用はないはずなのだが、最近こよみ目当てにちょくちょくやって来るのである。

　前を行く黒沼従兄弟《いとこ》コンビと、藍、こよみのオカ研一行を親指でさして、森司はさらに声を低めた。

「ボディガードなら、泉水さんがいるから間にあってるって」

「でも泉水さんは忙しい身だし、来れない日もあるじゃないですか。おれは代役の控え要員ってやつですよ。それに護衛《たた》は何人いたって邪魔になるもんじゃないでしょう」

と小山内になれなれしく肩を叩かれ、しかたなしに森司は黙りこんだ。

まったくああ言えばこう言う、だ。

こよみの前では真っ赤になってろくに口もきけなくなるくせに、それ以外の者にはしれっと応対するあたりがまた小憎らしい。それに正直言えば、いまの森司にとってはなるべく見たくない顔である。

――しかし、くやしいが確かに男前だ。

内心でひそかに森司は歯嚙《はが》みした。

間近であらためてしげしげと見て、そのルックスの完璧《かんぺき》さを再確認する。

せめて体臭がきついとか鼻毛が出ているとか、将来禿《は》げそうな髪質である等々の瑕疵《かし》を見出《みいだ》したかった。が、徒労に終わった。まさに文句なしに小山内は格好よく、おしゃれで清潔感があり、笑うと白い歯がこぼれる少女漫画の王子様そのものであった。

どこからどう見ても、灘こよみというSSクラスの美少女に見劣りしない美青年である。認めたくはないが、これが客観的事実というやつだ。

数歩前を歩くこよみの肩から、ふとバッグのストラップがすべり落ちかけた。

はっとして、あたふたと小山内が駆け寄る。

「な、灘さん。どうしたの、バッグ重いの。あの、重いならおれ持とうか」

「いえ、だいじょうぶです」

「でもいま、落としかけたみたいだから」

「撫《な》で肩《がた》なせいで、自然とずり落ちてくるんです」

いささか間の抜けた会話を、数メートル遅れて歩きながら森司はむなしく聞いた。

このままおれが邪魔に入らなければ、きっとふたりはすぐにうまくいくのに違いない。

果那が言うにはこよみは意中の相手に対し、

「ずっと前から知ってるのに、いまだに面と向かうと緊張してうまく話せない」

のだそうだ。

白い横顔に羞恥《しゅうち》や照れの色は見えない。が、もともとこよみは想いを表情から読みとりにくいタイプである。一見無表情に見えて、胸中ではそれはそれはもう激しくときめいているのだろう。

となるとあの微妙に嚙《か》みあわない会話も、緊張がゆえなのかもしれない。一方的な小山内の空まわりのように映るのは、おそらくは森司の主観による希望的観測だ。きっとお互いもじもじしているだけなのだ。

小山内がしきりに振る、

「あの、今年の冬も寒いらしいね。地球温暖化ってどうしちゃったんだろうね」

「でも冷夏の予報だってはずれたし、冬の予報もはずれるかな、はは」

などというつまらない話題に、

に、

「いまが冬ですよ」

と生真面目かつクールに応じている態度だって、たぶん照れかくしだ。

おれがかたくなに現実を直視せずにいただけで、いままでだってずっと彼らは両想い丸出しだったのだ。おれだけがピエロだったのだ——とせつなく胸を痛める森司を後目《しりめ》に、

「あ、熊沢くんだ、おーい」

と先頭の部長が大きく手を振った。

見ると、道の脇にかなり型落ちのミラジーノが駐《と》まっていた。反応がないとみて部長が駆け寄り、運転席のウインドウを指で叩く。ウインドウが手動であいて、

「ああどうも、みなさんおそろいで」

と熊沢が目をぱちくりさせた。彼の眼前に部長がコンビニ袋を突きだす。

「ご苦労さま。これ差し入れね」

「え、そんな。すみません」

熊沢が相好を崩した。

「いいのいいの。なにが好きかわかんなかったから、適当におにぎりとサンドイッチとチョコ系のお菓子買ってきたよ。ドリップコーヒーは、歩いてくるうちにちょっと冷めちゃったかも」

「やった。さっそくいただきます」

包装紙を剝《む》くのももどかしげに、たまごサンドイッチを頰張る。どうやらそうとう腹が減っていたようだ。

「しかしこんなところに駐車してて、よく苦情言われないね」

「いちおう三十分おきに移動してます。町内会長の許可もとってますから、たぶんだいじょうぶかと」

「でも昼間の街灯を見張ってても、意味ないんじゃないの？」

藍が言う。

「いやあ、それがですね」

口をもごもご動かしながら、熊沢は首を振った。

「ちょっとばかり雲行きが変わってきまして、街灯干渉より気になることができてしまったというか……。昼間はなるべくそっちを優先にして、見張りと聞きこみに当たっているという状況でして」

「どういうこと？」

「いま説明します。ちょっとお待ちください」

咀嚼《そしゃく》したたまごサンドを急いでコーヒーで流しこむと、

「おれひとり座ってるのも落ちつかないんで、出ますね」と熊沢はドアをあけ、立ちあがって愛車にもたれかかった。

すっかり見慣れてしまったタブレットをちょいちょいとタップして、

「えー、はじめに街灯干渉現象が起こりはじめたという小船井町は、ここよりもっと古い住宅街でした。住民の四割強がお年寄りで、独居老人も多い。でも熱心な民生委員さんがいらっしゃるようで、まめに巡回されていることからトラブルはほとんどなかったようです。ちなみにその民生委員さんには、後日会えるようアポイントメントをとってあります」

液晶を指でフリックし、ページをめくった。

「で、いまおれたちがいる本湊町に話を戻しますね。こちらは新しくアパートが建ったことで住民に対立があったり、治安に問題があったというのは以前話したとおりです。空き巣、小火《ぼや》、ペット泥棒、そして殺人事件。ただし殺人と空き巣は、同一犯であることが判明し解決済みです」

「残るは小火とペット泥棒だね」

部長が相槌《あいづち》を打つ。

「そうです。じつはその小火のほうで、新事実をつかみました」

熊沢が勢いこんで言う。

「小火騒ぎは二件。うち一件は住人の過失であることがわかり、問題なしです。ただもう一件は家の中からではなく庭で起こった火で、芝と一部の外壁を焦がしていることから、放火の疑いが持たれていました」

タブレットから顔をあげ、先頭の部長と藍を交互に見やる。

「一昨日《おととい》おれは、そのお宅に聞きこみに行ってみたんです。応対してくれたのは奥さんで、とくに変わった証言はないようでした。『アパートが建って住民の質が変わった』、『空き巣と殺人事件はアパート住人と直接関係ないようだったが、完全に安心できたわけではない』、『セコムに入るか番犬を飼うか、主人と検討している』等々、ほかの住民たちと意見はほぼ一致しています。もし放火だったとしても心あたりはまったくないし、無差別の愉快犯だろうと思っている、とのことでした。――ところが」

「ところが？」

藍が鸚鵡《おうむ》がえしにする。

熊沢は気取った仕草で指を立てて、

「お礼を言って敷地を出たとき、ふと気配を感じたんです。振りむくと、勝手口の陰からじーっと女の子がこっちを見てました。どうやら、そのおうちのお子さんのようでね、小学校二年か三年くらいだろうな」

と言った。

「いつまでも目をそらさないんで、おそるおそる『なにか用？』って訊《き》いたんです。いまどきは知らない子供とちょっと話したくらいで変質者扱いされますから、念のためなるべく距離をとってね。そしたらその子のほうから近づいてきて、真剣な顔で『おじさん、警察の人？』って言うんですよ」

熊沢は心外そうに肩をいからせた。

とりわけおじさん呼ばわりが気に食わなかった彼は、「違うよ。おにいさんは学生新聞部の人」と、せいいっぱい「おにいさん」の部分を強調して反論したのだという。

しかし少女は意に介した様子もなく、

「ガクセイシンブンブってなに」

と問いを重ねてきた。

「えーとね……なんて言ったらいいかな」

苦笑して、熊沢は少女にもわかりやすいであろう言葉を探した。

「まあ、正義の味方みたいなもんだね。みんなの平和のために昼夜を問わずがんばる男、って感じか」

胸を張って言う。少女はしばらくじろじろと彼を眺めてから、

「……正義の味方なら、告げ口しない？」

とぽつりと言った。

その口調に、熊沢はぴんとくるものがあった。少女の目線にかがみこんで顔を覗《のぞ》きこみ、なるべくやさしい声で言う。

「告げ口はしない。けど、正しい報告はするよ。ただしそのとき、きみの名前をないしょにしておくことはできる。それから、きみのことを叱《しか》らないでってお願いすることもできるよ。それでどうかな？」

「ほんと？」

「ほんと」

熊沢は深くうなずいた。

すると少女は顔をくしゃっと歪ませ、

「叱られるの、ぜったいいやだからね。ようくお願いしておいてね」

と何度も何度も念を押して、それからようやく、胸のつかえを吐きだすように告白しだしたのだそうだ。

「──というわけで」

　と熊沢は短いため息をついて、

「その子の証言から、外壁を焦がした小火の原因がわかりました。もとはといえば子供たちの火遊びだったそうです。庭でライターをいじっていたら、枯れ草に火がついてしまったんだそうでね」

「そっか、親に叱られるのが怖くていままで言えなかったのね。火遊びで小火を出したなんて、どれだけ大目玉を食うかわからないもの」

　藍もつられて吐息をつく。

　しかし熊沢はかぶりを振って、

「違うんです。その子は親や警察に知られるのを怖がってたわけじゃなかった。『わたしが言ったって、友里《ゆり》ちゃんに言わないで』ってそればかり何度も言ってましたよ」

「友里ちゃん？」

「そう。泣きべそ顔でね、『黙ってるのが怖くて、誰かに言いたくてたまらなかった。でも言いつけたってわかったら、友里ちゃんになにをされるかわからない。正義の味方なら、おじさん、友里ちゃんから守って。あの子をどっかにやっちゃって』って言うんです」

「いじめっ子なのかな。その友里ちゃんとやらは」

部長がひとり言のようにつぶやく。

熊沢はコーヒーをがぶりと飲み、台詞《せりふ》を継いだ。

「なんとか落ちつかせて、『その〝友里ちゃん〟ていうのはどこの子？』って訊いたんですよ。そしたらその子は答えました。『クラスメイトの友里ちゃん。榊原、友里ちゃん』――ってね」

熊沢は額に滲《にじ》んだ汗を手の甲でぬぐった。

「驚きましたよ。榊原といえば、新たな干渉現象が起こっている街灯の真正面に建ってる家の住人の名だ。その家の子か？　と確認のため尋ねてみると、そうだと言う。なんで友里ちゃんをどこかにやってほしいの、と訊いたら『だってあの子、怖いんだもん』と、本格的に泣きだしてしまいました」

そこに至ってようやく「これはいかん」と熊沢は狼狽《ろうばい》したらしい。

もっと話を聞きたいのはやまやまだが、道端で女子小学生を泣かしているなんて、傍《はた》目《め》には変質者そのものである。しかたなくハンカチを渡し、あやすのもそこそこに「ごめんね。またお話聞かせてね」と、彼はその場を足早に立ち去ったのだそうだ。

藍が顎《あご》に指をあてて、

「でも榊原さん家の子供たちっていい子なんじゃなかったの？　確かえーと、道で大人に会ったらあいさつするとか、クラス委員だとか」

熊沢が反駁《はんばく》した。

「いや、クラス委員をつとめてるのは上のおねえちゃんだけです。友里ちゃんは下の子ですよ」

ふたたびタブレットをフリックする。

「というわけで、どうも気になったので街灯干渉のほうは夜にまわして、日中は榊原家についての調査にあたることにしたんです。結果、町内会長の言うとおりでした。一見じつに模範的な、問題のない家でしたよ」

「一見、ねえ。含みを持たせるね」

部長が苦笑した。

熊沢はそれを聞き流して、

「父親はけっこういい会社の課長さんで、母親はもとピアノの先生だったがいまは専業主婦。娘がふたりで上の子は優等生。ただし下の子は病気がちだそうで、月に三、四日は学校を休むらしい。転勤でもないのに中途半端な時期に引っ越してきたわけは、表向き『下の子がハウスダストアレルギーを発症したから』だったそうです。しかしその内実は……」

そこまで言いかけたとき、

「正義のおじさん」

と、思いつめた声が長広舌をさえぎった。

なんだよいいとこなのに、と言いたげな顔で熊沢が振りかえり、途端に「ああ、きみか」と頬をゆるめる。

そこに立っていたのは、ふたりの少女だった。

ひとりはピンク、ひとりは水色のランドセルを背に担いでいる。見知らぬ大人たちを警戒するかのように、しっかりと手を握りあっていた。

「例の子です。あの、小火《ぼや》を出した家の」

と熊沢はオカ研一同にささやいて、

「どうしたの。学校は？」

と少女たちの前へ膝《ひざ》を折った。

「今日は午前だけなの」

「そっか。隣の子はどうしたの、お友達？」

熊沢の態度からして、連れの子は榊原友里ではないらしい、と森司は察した。調査しているのだから、顔はもちろん把握しているはずだ。

お友達かと問われた水色のランドセルの少女はきっと唇を結んだまま、しばらく熊沢を見つめていた。

　が、やがてふっと視線をはずし、なぜか藍をまっすぐに見あげて口をひらいた。

「友里ちゃんのこと、証人《ショーニン》になってって言われて来たんです。おかあさんたちや先生はあの子はいい子だと思ってるし、クラスのみんなも『ちょっと浮いてる』程度で、まだなんとも思ってない子のほうが大半だから」

「証人？」

　藍が前へすすみ出て、熊沢に代わってしゃがみこむ。

「ということは、あなたは友里ちゃんについてなにか知ってるのね」

「あの子、おとなしい子とか友達のすくない子ばっかり狙うんです」

　と少女は言い、かたわらの友達をちらと見やって、

「この子は気が弱いし、おうちが近いから目をつけられたみたい。遊ぼう遊ぼうって毎日押しかけてきて、おやつをぜんぶ食べちゃったり、漫画やおもちゃを勝手に持っていったりで、いつもすごく迷惑してたんです」

　と口をとがらせた。どうやらこちらの子は正反対に勝気なタイプらしい。

「そっちのおじさんに話したけど、あんまり信じてくれなかったみたいだし、頼りにならなそうだったって言うから、今日はわたしも来たの」

　と熊沢を指さしてずけずけ言う。

　熊沢がなんとも言えない渋い顔になった。藍が苦笑を嚙《か》みころして、

「わかったわ、ありがとう。じゃあそのお話、あたしが聞いてもいいかな。あなたから見て、榊原友里ちゃんってどんな子？」

「大人の前と、わたしたちの前で態度を変える子」

即答だった。

「あと、自分勝手でわがまま。嘘つきだし、意地きたないし、不潔。奥の歯がぜーんぶ虫歯。人の宿題を勝手に写したり、遠足のお菓子を盗んで食べちゃったこともあるの」

なんとも辛辣《しんらつ》だ。口調にもはっきりと嫌悪が感じられた。

つとめて感情を顔に出さないようにして、藍が言う。

「友里ちゃんのこと、嫌いなのね」

「大っ嫌い」

少女は吐き捨てるように言ってから、

「……だってあの子、猫をいじめるんだもん」

と、くしゅっと眉根《まゆね》を寄せた。

「猫を？」

実家で猫を飼っていることよみが、思わずといったふうに声をあげた。少女がうなずく。

「そう。それも野良猫だけじゃないよ。あの子、よそんちから飼い猫を盗んだの。この子のうちの二軒隣で飼ってる、まだ三箇月の三毛」

本湊町のトラブルのひとつに数えられていた、ペット泥棒の件だろう。

少女は唇を噛んで、

「わたし、見たんだもん。友里ちゃんが河原で、猫の前足をつかんで振りまわしてたとこ。たぶん、石かなんかに叩《たた》きつけようとしてた。わたしが『大人を呼ぶからね！』って怒鳴ったら逃げてったけど」

とうつむいた。

「それで、猫は？」

「獣医さんに連れて行きました。前足の骨にひびが入っちゃったみたい。でも飼い主さんに連絡がついたから、すぐおうちに戻れるって」

「そうか、それはよかった」

ほっと森司はこよみと顔を見あわせた。

視界の端で、熊沢が一同に目くばせするのがわかった。彼は手にしたタブレットを、少女たちには見えないよう無言で掲げてみせた。

液晶にはメモアプリが表示され、

『火遊び、動物虐待、虚言癖。どれもシリアルキラーの幼児期の特徴。参考文献多数』

と打ってあった。その下にやや小さいフォントで、

『次女が問題児？　中途半端な時期に引っ越してきた理由はそれ？　前の学校でも問題行動多数。さらに要調査』

という文字も見える。

部長がなにか言おうと口をひらきかけた。とそのとき、

「――うちの町内の子に、なにか用かね」

と背後からしわがれた声がした。

一同が振りかえる。そこには毛並みのいいゴールデンレトリバーを連れた、小柄な老人が立っていた。骨に渋紙を張ったように痩《や》せこけている。だが眼光が鋭く、一種言いがたい風格と威厳がある。

「会長さん」

と熊沢が声をあげた。

「なんだ、あんたか」

渋面のまま老人がぼそりと応じた。

どうやら彼が、さんざん話に出てきた町内会長らしい。いまのうちにと、少女たちがこそこそと脱兎《だっと》のごとく駆けていくのが森司の視界の端に映った。あの様子では、彼女らも会長から何度かお小言を食らったことがあるに違いなかった。

部長がかるく頭をさげて、

「はじめまして。ぼくらも熊沢くんと同じく、雪大の者です。念のため学生証を見せましょうか」

と申しでた。

「いや、いいよ」

会長が手を振る。部長は微笑んだ。

「見まわりですか、それとも犬の散歩？」

「両方だ」

「ご苦労さまです。かわいい子ですね」

犬好きの藍が満面の笑みで言う。誉められた当の飼い犬は、そ知らぬ顔でくだんの街灯をしきりにふんふんと嗅《か》いでいる。

部長がつづけて、

「小火騒ぎのあったおうちでは、セコムを導入するか、それとも番犬を飼うか迷われてるそうですよ。セコムに匹敵するような名犬のモデルがご近所にいるのかなあ、って思ってたんです。もしかしたら町内会長さんちの犬がそうなのかな」

「いやいや、うちの犬なんて駄犬もいいところだ。人なつっこすぎて、誰にも吠《ほ》えないやつでね」

口調に反して、会長の声がはっきりと弾んだ。きっと内心では相好を崩しているのだろう。部長が言葉を継ぐ。

「いつも愛犬と見まわりされてるんですか。そういえば関根さんのご長男を発見されたときは、民生委員の方といっしょだったとか」

「ああ、あの人は本来、うちの町内の人じゃないんでね。あのときはたまただ」

「どちらの人なんです」

「小船井町の人だよ」

空気にすっと緊張が走った。

だが会長は気づかぬ様子でしゃべりつづける。

「犬飼い——いや、愛犬家同士のコミュニティってやつがあってね。そこでよく話すんだ。いい人だよ。民生委員の仕事はもちろん、犬の里親探しにも熱心だしね。じつを言うとうちの犬も、あの人の口利きで処分寸前のをもらってきたんだ」

と、親指で背後の愛犬をさした。

長ながと伸ばされたリードの先では泉水とこよみがしゃがみこみ、ふたりとも無表情のまま、わしわしとゴールデンレトリバーを撫《な》でまわしている。

「そうですか、そりゃいい」

部長はうなずいて、

「もしお時間があるようなら、もうすこしお話をうかがってもよろしいですか？」

とやんわりと問うた。

8

この季節にはめずらしい夕晴れの空が頭上にひろがっていた。とろりと溶けかけた飴《あめ》玉《だま》のような夕陽が、いましも西空に沈もうとしている。

ただし空気はひどく乾燥して、ふつうに呼吸しているだけで鼻と喉《のど》の奥が痛む。気温もいっこうにあがらず、しんと骨まで冷えるような寒さだ。予報では夜半過ぎから、また雪になるだろうとのことであった。

同じほど寒ざむしい冬の河原に、一同は足を踏み入れた。

春にはいちめん緑に萌《も》えいずるだろう草原もすっかり枯れ、白茶けてうなだれている。立ち並ぶ木々は裸の枝をさらし、おりからの寒風に凍えていた。

「わざわざすみません」

部長が横を歩く女に謝罪する。

それにあわせて、森司と藍、こよみも頭をさげた。

「いえ、そんな」

本湊町の町内会長から紹介された「民生委員さん」こと、初老の女は口の端で微笑した。髪にだいぶ白いものが混じっているが、体型はすっきりとして若わかしい。

「謝らなければいけないのはこちらのほうです。わたしがぐずぐずせず、もっとうまくやれていればよかっただけの話なのに、まさかこんな大勢の学生さんたちまで巻きこんでしまうなんて」

「いやあ、喜んで巻きこまれてますから。――あ」

部長が足を止める。

振りかえって唇に指をあてると、彼は低くささやいた。

「あれだ。……いたよ」

森司は目をすがめた。

川べりに少女がぽつんと座りこんでいる。ランドセルを背負ったまま、しきりに小石を並べたり積んだりと、ひとり遊びに興じている。

小学二年生らしいが、年齢にしては小柄だ。毛布のように厚ぼったいロングコートから、棒きれじみた細い足が覗《のぞ》いている。こちらの視線にはまだ気づかぬらしく、首をもたげもしない。

「おれ、行きましょうか」

森司が申し出た。

この中でいちばん足が速いのは彼だ。部長がうなずいて、

「そうだね、八神くんには反対側にまわって待機してもらおうか。囮《おとり》代わりの一番手は……うーん」

と唸《うな》った。

「泉水ちゃんじゃ、きっと怖がるな。小山内くん、きみ行って。小学生とはいえ女の子だからね。美形相手ならほんのすこしでも油断するかもしれない」

しかし現実には、そうすんなりとはいかなかった。

小山内が近づいた時点で、少女は弾《はじ》かれたように立ちあがり、おびえて後ずさった。

結局は森司と泉水のふたりがかりで取りおさえなければならなかったが、その間ずっと

友里は、

「変態、なにすんの。大声出すよ。痴漢、変質者。やめてよ、放してったら」

と死にものぐるいでもがき、わめき、つばを吐き散らした。

口臭がむっと森司の鼻を襲った。クラスメイトの子が言ったとおり、奥歯が腐食して真っ黒に溶けている。よく見れば肌も垢《あか》じみていた。風呂《ふろ》に入っていないのを制汗剤でごまかしているのか、近づくと妙な臭いがする。

民生委員の女が友里のコートをはだけ、衣服をめくった。友里が悲鳴をあげる。

森司は目を見張った。

セーターと肌着の下からあらわれた背中に、無数の傷が縦横に走っていた。腹には内出血の痣《あざ》が点々と散っている。治りかけの痣はぐるりといやな黄いろに囲まれた、どす黒い紫に変色していた。脇腹に見えるゆがんだ輪は、火傷《やけど》の跡だろうか。

「ち……違うの」

急に抵抗をやめた友里が、

「違うの。これは、転んだの」

とささやくように言った。その頰は、青を通りこして真っ白だ。

「転んでできた傷だから、なんてことない。こっちのは、階段から落ちたの。それだけだから。べつに、なんでもないから」

「そうね」

民生委員の女がうなずく。

「でも、お医者さんに診てもらいましょう」

「だめ。転んだだけだから、いいの。ほっといて」

「だいじょうぶよ、誰も叱《しか》ったりしない。それにあなたが見せたんじゃないわ。わたしたちが勝手に見たんだから、ね？　おとうさんとおかあさんに訊《き》かれたら、そう答えていいのよ。あなたは悪くないって」

「でも、あの」

嚙《か》んでふくめるように、

「あなたは悪くないの」

いま一度、民生委員の女が言った。

友里が息を詰める。目がゆっくりと見ひらかれる。

「っ、――……」

少女の双眸《そうぼう》に、じわじわと水の膜が張った。やがてその膜があふれ、ほろりと粒になってこぼれ落ちた。

すすり泣きはじめた友里の肩を抱いてうながし、民生委員は車で待機していた男たちに少女を引き渡した。警官と、児童相談所の職員だそうだった。

部長がため息まじりに言う。

「傷が確認できたから、ひとまず〝安全確保のための一時保護〟はできるはずだ。今後は児相と親御さんとの話しあいだろうね。難航することは間違いないだろうが、行政が動いただけでも大きな第一歩、ってやつだよ」

火遊び、動物虐待、虚言癖。

それらはシリアルキラーの幼児期に見られる兆候であると同時に、被虐待児の出すサインでもある。

被虐待児の多くは、大人の前では無口でおとなしい。だが弱い者の前では一転してとげとげしくなり、乱暴で、人をためすような真似を繰りかえす。暴力を受けた子は、概して暴力的になりがちだ。自己防衛機能がゆえなのだが、なにも知らぬ者の目には「なんていやな子だ」と映る。

「いわゆる、家庭内のスケープゴートです」

戻ってきた民生委員の女が、ぽつりと言った。

「清く正しく美しく、光の中で生きてきた〝ご立派な人たち〟には、どこかで濃い闇がでるものです。家庭内にひとり生贄《いけにえ》をつくり、よってたかって虐げることで家族関係を成り立たせるんです」

「犠牲の羊ですね」

部長は言った。

彼女が首肯する。

「とくに子供が複数いる場合は、ひとりをスケープゴートに仕立てあげ、ほかの子は完《かん》壁《ぺき》で従順で、模範的な〝白い羊〟として育てる傾向が往々にして見られます。犠牲の羊という捌《は》け口がいることによって家庭は安定し、彼らはご立派な外面を守っていけるわけです」

「闇の部分はすべてその子に背負わせて、ほかの家族たちは品行方正な顔で生きていく、か。家庭というのはある意味、なんでもありな密室ですからね。中でなにが起こっていても、大きな問題になるまでは往々にして発覚しなかったりする」

黒沼部長は言葉を切って、

「――さて」

と女を見あげた。

「そろそろ会わせてもらえますか。街灯を通して一連のSOSを送ってくれていたという、今回いちばんの功労者に」


民生委員の女の自宅は、小船井町の奥まった一角に建っていた。

玄関の両引き戸をあけると、薄暗い家内に白く光が射しこんだ。築四十年は経つだろう古屋だが、手入れがよく、廊下も柱も磨きあげられている。

奥からぷんと、けものの臭いがした。

女が障子戸をそっとひらく。

畳の上にマットが敷いてあり、その上に老犬が毛布にくるまれて横たわっていた。ぐったりと浅い呼吸をしている。口から覗く舌が白っぽく変色していた。

「もう十三歳を超えました。人間なら、九十過ぎのおじいちゃんです」

静かに女が言った。

「この子はもと災害救助犬なんです。生まれつき繊細な犬で、救助がうまくいかず被災者を助けられなかったときは、ひどく落ちこむ癖があったそうです。十歳を超えて試験に落ち、引退したのをわたしが引きとりました」

しかし去年の秋ごろからひどく衰え、立ちあがることもできなくなった。

女は介護用マットに愛犬を寝かせ、床ずれしないようひんぱんに体位を変えてやり、歯の抜けた口にやわらかい餌を運んでやった。

「ちょうどその頃からです。小船井町に立つ街灯が、ときおり奇妙な点滅を起こすようになったのは」

はじめのうちは気づかなかった。

だが「街灯の点滅する家を訪問すると、必ず階段から落ちた老人が足を折って難儀していたり、風呂場《ふろば》で転倒して動けなくなっている」という因果関係に、じき彼女は思いあたった。

小船井町は古い住宅街で、独居老人が多い。ひんぱんに見まわってはいるが、それでも対応が追いつかないことは多かった。街灯のサインは――もしそれがほんとうにサインだとするならだが――まるで彼女を手助けしているかのようだった。

「そのとき思ったんです。もしかしてうちの子かな、って。うちの子がなんとかして、わたしに知らせてくれているんじゃないかしらって。ほんと非科学的な、馬鹿げた話なんですけれど」

でもそうとしか思えなかったんです、と彼女は言った。

「ただ、わたしの管轄は小船井町だけでした。本湊町のことまでは、なかなか目がいかなかった。後手でした」

「小路に迷いこんできた人たちは、気づけなかったあなたの代わりですね」

部長が言う。

「だと思います。この子は『飼い主がそばにいないときは、まわりの人に吠《ほ》えて要救助者ありと訴えろ』と教育されたそうです。おそらくあの子の声を心で聞きとった人が、無意識にあの小路まで来てくれたんじゃないでしょうか」

彼女は介護用マットの横に膝《ひざ》をついた。

慈母のようなやさしい手つきで、そっと犬の首のあたりを撫《な》でる。

「誉めてやってくれませんか」

顔をあげ、彼女は微笑んだ。

「ちゃんと助けられたよ、おまえの働きで、あの女の子は無事に保護されたよ、と。

——救助犬には、それがなによりの喜びなんです」

閉ざした雨戸の節穴から洩《も》れた西陽が、愛犬と飼い主の上に仄《ほの》赤くちいさな光の円を投げかけていた。

それは奇妙に神々しい眺めだった。

森司はなぜか、蓮倉父子《おやこ》に執着したまま病室で絶命した、あの老女のことを思いだしていた。

この老犬はきっと、近いうちに息をひきとるだろう。犬の死と、人間の死と。——いったいどちらがより満足のいく、尊厳ある死と言えるだろう。

見守る彼らの頭上で、ゆっくりと陽が没していった。


雲が高い。湿度が低まっている証《あかし》だ。

夏は遠くを望むと、山の天辺《てっぺん》よりだいぶ低いところに雲があったものだ。しかしいま山は雲の肩がけを脱ぎ捨てて、代わりに頂へ真っ白な粉砂糖をかぶっている。

腑《ふ》抜けた足どりで、森司は大学構内をとぼとぼと歩いていた。

気のせいだろうか、まわりを行く学生たちがみな、自分よりはるかに楽しそうに、幸せそうに見える。

「今年スノボどうする？　上越《じょうえつ》まで行く、それとも近場で済ませちゃう？」

「近くでいいか。でもあそこのリフト、古くておっかないんだよねえ」

「来週、合コンするけど来る？」

「後期試験終わったらバイトに励むつもりだったのにさ、去年やったとこの店長がいい返事くれなくてー」

スノボ、合コン、バイト。なんて大学生らしい会話か、と思う。皆きらきら、いきいきしている。うらやましい。

――それに比べて、このおれは。

ふられ男の悲哀を嚙《か》みしめながら、一歩、また一歩と足を引きずるようにして森司は歩いた。

向かう先は部室棟である。なんだかんだ言っても、彼にはそこしか居場所がないのだ。せめてもの腹いせに、水たまりに張った薄氷をかたっぱしから踏み割っていく。

木々に囲まれて日陰となった部室棟の屋根には、びっしりと大小とりどりのつららがたれさがっていた。

――こよみちゃん、いるかな。

この曜日のこの時間、彼女は講義を入れていない。ということはこの部室か、図書館かにいるはずだった。春か秋なら中庭にいる可能性もあるが、さすがに真冬にそれは考えにくい。

失恋が決定したというのに、まだ「会いたい」、「顔だけでも見たい」と思ってしまう己に嫌気がさす。われながらつくづくあきらめの悪い男だ。いや、この場合はしつこい、いさぎよくない、往生際が悪いと言うべきか。

自虐的な気分に首まで浸《つ》かりつつ廊下を歩き、いっとう端の引き戸の前に立つ。かるく深呼吸して、さあ開けようと思ったその瞬間。

「で、どうなの。やっぱり王子様って白馬に乗ってるものなの？」

と藍の声が洩れ聞こえた。

森司の手が止まる。体ごとぎくりとこわばる。

――王子様。

耳にしたくもない単語だ。

この言葉が出てくるということは、誰のなにが話題にのぼっているかなど、考えるまでもない。立ちすくむ森司の存在など知らず、戸の向こうでこよみが答えるのが聞こえた。

「個人的には自転車でもとくにかまいません。なんでしたら徒歩でもいっこうに」

「こよみくんは、ほんと欲のない子だねえ」

黒沼部長が笑う。

「ぼくだったら、せめて軽自動車くらいは乗っててほしいけどな」

「部長の好みなんか誰も訊《き》いてないわよ」

と藍が気のない突っこみを入れる。

引き戸の取っ手にかけようとした手を、森司はゆっくりとおろした。きびすをかえす。

ぎくしゃくと軋《きし》む手足をなんとか動かし、たったいま歩いてきた廊下を音もなく戻る。

いかん、泣きそうだ、と思った。

――藍さんばかりか、部長まで。

ふたりともおれを応援しているようなことを言ってくれていたくせに、おれのいないところでは三人であんな会話をしていたのか。

ということは、とうにこよみちゃんの気持ちをふたりは知っていたのだ。もしくは知った上で陰で肴《さかな》にされ、盛りあがられていたのかもしれない。「かわいそうだから、あの子が自力で悟るまで泳がしときましょう」と憐《あわ》れみ半分、嘲笑《ちょうしょう》半分で、なまあたたかく見守られていたということか。

――もう誰も信じられない。

マフラーを鼻の上までずりあげた。

なるべく誰にも顔を見られぬよううつむきながら、雪のちらつきはじめた中庭を、森司はひとり早足で歩き去っていった。

第三話　薄暮

1

「すみません。田中英夫《たなかひでお》編集の『BASIC英米法辞典』って、閉架にありますでしょうか。確認していただきたいんですが」

「え？　ああ、ちょっと待ってね」

頭上からの声に、窓の外を眺めてぼうっとしていた免田《めんだ》は慌ててマウスを手にとり、操作した。

デスクの横にはこの大学図書館の司書である西村遥香《にしむらはるか》がひかえ、彼の回答を待っている。免田のような男にもふだんからまめに声をかけてくれるいい子だ。

確か今年で二十五歳だっただろうか。なかなか可愛らしいし、受け答えもきちんとしている。だがプライヴェートで声をかけてみようと思ったことは一度もなかった。

「あった。やっぱり閉架だね」

免田が言う。

遥香はうなずいた。

「ありがとうございます。じゃあわたし、取りに行ってきます。資料区分の登録番号、プリントしてもらっていいですか」

「いや、ぼくが行くよ。西村さんはカウンター業務に戻って」

抽斗《ひきだし》から、閉架の鍵《かぎ》をとって立ちあがる。こんな用事でもなければ、デスクから離れることはトイレ休憩以外めったにないのだ。

免田は大学事務局の職員として採用されている。が、ここ数年は大学図書館の情報システム管理が主な業務だった。ほぼ一日じゅう彼は図書館の片隅に座り、蔵書の貸し出しをするでもなく、整理をするでもなく、パソコンのモニタとただ向きあっている。

市や県のそれとは違い、大学の図書館は九割五分までが専門書や学術書のたぐいだ。建前としては一般市民にも開放されているが、訪れるのはほぼ百パーセント学生である。子供の騒ぐ声もなく、耳の遠い老人がカウンターで大声を張りあげることもない。館内はいたって静謐《せいひつ》で、いたって退屈だった。

――まあ、いまさら生活に起伏なんかいらないんだがな。

そう内心で自嘲《じちよう》し、免田は階段をのぼった。

閉架書庫は二階の、約三分の二のフロアを占める。残り三分の一は大学史に関するちょっとした展示場になっているが、足を踏み入れる学生はほぼ皆無だ。それどころか、ここに資料が展示されているなどと知らない学生が大半だろう。

鍵穴に鍵を差しこみ、まわす。

中にこもっていた、古い本特有の黴《かび》くささが漂う。いやな匂いではないが、独特の匂いとしか言いようがない。

　どうせ数分もいれば麻痺《まひ》して気にならなくなる。しかしこの瞬間は、ついいつも眉根《まゆね》を寄せてしまうのが癖だった。

　スライド式の本棚を動かし、登録番号のメモを頼りに英米法の棚を探す。

「ああ。……あった、これか」

　思わず声が洩《も》れ、また自嘲がこみあげた。

　近ごろ、とみにひとりごとが多くなった気がする。まるきり孤独な独居老人さながらだ。この歳でこれなら、将来の姿はもはや見えたも同然である。

　免田は今年で三十二歳。十八で親もとを離れ、ひとり暮らしをはじめて早や十五年目になる。

　彼女がいたためしはない。友達もすくない。親しく話をする同僚はおらず、忘年会と新年会以外では肩を並べて酒を飲んだことさえない。誰かと言葉をかわすのは、朝夕の挨拶《あいさつ》のときくらいであった。

　見つけた辞典を手にとり、免田はきびすをかえした。

　蔵書の日焼けを防ぐため、閉架書庫の窓はブラインドで上から下までぴっちりと覆われている。

　たわむれに彼は手を伸ばし、そっとブラインドの一枚を指でずらした。

　外はいちめん雪景色だ。今年は一月なかばになってもなかなか積もらないな、と皆いぶかしんでいた。が、積もるときは一夜にしてこれだ。根雪が地面を覆ってしまえば、あとは日を追うごとに丈を増していくばかりである。

二階から中庭を見おろす。学生たちが残した無数の足跡が、いくつもの直線や曲線を描いている。

ふと免田は目線を止めた。

図書館をめざして、ひとりの女子学生が歩いてくるのが見えた。

ダッフルコートにショートブーツというういたってベーシックな格好だ。だが異様なほどの早足と、その容貌《ようぼう》のせいで彼女はひどく目立つ。

免田のような、自他ともに「枯れた」と認める男の目にさえ、その学生はじつにきれいな子だった。目鼻立ちが端整なだけではない。なんというか、たたずまいが清廉だった。存在そのものに、不可侵の凜《りん》としたものを感じた。

はじめて見た日から、免田は彼女にずっと注目しつづけていた。

と言ってもべつにいやらしい意味ではない。

ただ「あの子の学生生活がよりよいものであるといいな。障害やトラブルなど、なにも起こらなければいいが」という、父のような兄のような心境である。さいわいいまのところ、美貌《びぼう》に目をつけられておかしな男につきまとわれたり、いかがわしい飲み会に強引に誘われたりなどはないようだ。

——それどころか同学年の男子学生と、最近いい感じだよな。

口中でつぶやき、ふっと笑う。

相手の男の子もやはり、すれたところのない純情そうな子だ。見かけるたびどちらもおずおずもじもじとしているが、傍目《はため》からはどこからどう見ても両想い同士だった。

いいなあ、と思う。

微笑ましい。お似合いだ。大学生にもなってあんな可愛らしくもじれったいカップル、いまどきめずらしい。自分にもあんな時期があればよかったのになあ、と思わされてしまう。

——自分にも、か。

免田は頬をゆがめた。

ブラインドから指を離す。途端に、背筋がぶるっと震えた。

そうだ、この閉架には暖房がついていないのだ。もの思いにふけりかけて寒さを忘れていたが、こんなところに長居しては風邪をひいてしまう。

英米法辞典を小脇に抱え、急いで免田は閉架書庫を出た。鍵穴に鍵を差しこむ。

その瞬間、ひたり、と背中に濡《ぬ》れた感触があった。

——誰かいる。

視線を感じた。

誰かが見ている。触れられるほどそばにいて、そいつがじっとおれを視《み》ている。

二の腕が粟立《あわだ》った。うなじの毛がちりつく。わけもなく胃が、腹の中でぐらりと前後に揺れる。みぞおちがむかつく。

だが唇を噛《か》んでやりすごし、免田はなにも気づかぬふりで閉架書庫の鍵を閉めた。

2

いまどきめずらしい雷文模様にぐるりと縁を囲まれたラーメンどんぶりは、そのレトロさが気に入って、森司自身が買いもとめてきたものだ。

と言っても、これもリサイクルショップで購入した品である。

三個セットでレンゲがついて、千円もしなかった。引き出物なのか贈り物なのかは知らないが、箱セットのまま売られていたから中古とはいえ未使用品に間違いない。

森司はくつくつと鍋《なべ》で煮えた絹ごし豆腐をレンゲで持ちあげ、ラーメンどんぶりにそっと移した。

今日の夕飯は湯豆腐だ。

消費期限が本日こっきりの半額豆腐をメインに、同じく特売の韮《にら》、もやし、しめじを昆布出汁《だし》で煮て、ポン酢と壜詰《びんづ》めのかんずりでいただく。味に飽きてきたところで卵を落とし、半熟になる寸前で火をとめ、袋ラーメンを投入するか、もしくはパックの白飯にのせてかきこむ。

こんな貧乏飯で、こんなに美味《うま》いだなんていいんだろうか、としみじみ森司は思う。

携帯電話に表示したカレンダーを彼はちらりと見やった。

一月もなかばを過ぎ、そろそろ二月の声が聞こえてきた。二月といえばまず後期試験。次になんといってもバレンタインである。

あれ以来、森司は数日の間しっかりと鬱《うつ》状態に陥った。しかしある日、唐突にひらきなおった。

——よく考えたら、どうせいままでだって見こみのない片想いだったんじゃないか。

そう思った。

べつにそれでかまわないと、承知の上で彼女に想いを寄せていたのだ。だったらいままでとこれからと、なにひとつ変わりはないではないか。

もちろんあの子に彼氏ができてしまうのはさびしい。悲しいし、嫉妬《しっと》もするし、手ばなしで祝福もできない。

が、だからといっておれが無理に想いを断ち切ったり、彼女とぎくしゃくする必要はないはずだ。おれ自身の事情はなにひとつ変わらない。おれはいままでどおりでいればいいのだ。そう思った。

理屈として微妙におかしい気もしないでもないが、ともかく森司はそう己に言い聞かせ、なんとか気持ちを整理し終えた。

以降、森司はごくふつうに大学へ通い、部室棟へ出向き、こよみと顔をあわせている。

彼女を見るとやはり胸はちくちくするものの、こみあげてくる感情ごと、そのつど無理やり飲みこんだ。

液晶のカレンダーに、いま一度視線を落とす。

去年のバレンタインを森司はふと思いかえした。

――あのときは、ぎりぎりすべりこみでもらえたんだっけな。

前髪に雪を積もらせて、鼻の頭と頰を真っ赤にして玄関前に立っていたこよみを、いまもまざまざと思いだせる。

でも今年は、義理チョコをもらえるかどうかすらあやうい。律儀なあの子のことだから、両親や部員に配るぶんはきっと別に用意しておくだろうが、

「本命チョコの作成に忙しくて、それどころじゃなかったんです。すみません」

という事態になる可能性だってけっして低くはない。

そのときにそなえ、いまから心がまえはしておくべきだろう。あの子の前で落胆のあまりがっくりとその場で膝《ひざ》を折り、あまつさえ涙ぐむなどという失態は万が一にも見せてはならない。

過剰に格好をつける必要はないが、最低限の矜持《きょうじ》はたもっておくべきだ。好かれないまでも、嫌われたり引かれるのは避けたかった。

「先輩、みっともない」

「たかがチョコレートで、そこまで……よっぽどもてないんですね」

などとあの子に言われたなら、今度こそ涙をこらえきれるかどうか自信がなかった。

――いや、こよみちゃんはそんなことを言う子じゃない。

森司は慌ててかぶりを振った。

ひらきなおったつもりだが、油断するとつい考えがネガティヴな方向へ流れがちである。あの子はそんな子ではない。ないはずだが、しかし万が一のことを考慮して――とぶつぶつつぶやきながら、ラーメンを箸《はし》でかきまぜる。

部長と藍に対する恨みがましい気持ちは、だいぶ薄れていた。

ふたりが森司よりこよみを大事にしているのは、以前からわかりきっていたことだ。彼らがこよみの気持ちを優先するのは当然である。

ただし残る部員の黒沼泉水が、例の「王子様云々《うんぬん》」発言を知っているかどうかはいまだ不明であった。

なにしろ泉水はいま、桑山保《くわやまたもつ》を含めた学部の友人たちと卒業旅行中なのだ。研究室の教授が、

「今月はそう忙しくないから、四年の子はいまのうち遊んできなさい」

と声をかけてくれたのだという。ただしそのあとに、

「みんなでようく話し合って交代で、必ず一週間以内に戻ってきなさいね。もし逃げたら許さないから、そのつもりで」

との脅し文句はしっかり付けくわえられたらしい。

ともあれ泉水は「男五人水入らず、バイクで四国一周」などというむさくるしい旅に

出ており、動向は桑山のツイッターでしか確認できない。

部室に顔を見せるのはおそらく週明けになるだろう。その日まで、泉水の立場や心境を探るのは不可能であった。

「まあでも泉水さんが、部長よりおれの味方をするわけないんだけどな……」

思わずそうつぶやいたとき、ぴりりり、とテーブルの携帯電話が鳴った。

卓上コンロの火をとめ、液晶の画面を見る。

表示されている名は『板垣果那』であった。森司の眉間《みけん》に、ひとりでに皺《しわ》が寄る。

べつだん果那のメールが迷惑だとか、読みたくないというわけではない。だがいまこの時期に向こうから来るということは、よくない知らせのような気がしてならない。いや十中八九そうだろう。

森司は迷った。迷ったが、結局届いたメールは読まず、いったんべつのフォルダに振りわけておくことにした。

そうして果那宛てに、

「しばらくそっとしておいてください」

とレスポンスを送ってから、彼はそっと床へ携帯電話を伏せた。

正月気分が薄れるやいなや、大学構内は後期試験に向けて空気を一変させる。

ことに図書館まわりは顕著だ。コピー機の前には「友達のノート」とやらをコピーする学生が長い列をなし、ふだんはみっちりと詰まっている専門書の棚が見る間にすかすかになっていく。

　となればいつもは暇をもてあましている免田とて、自然と流れの渦へ巻きこまれて多忙となる。あれを検索してくれ、これを探してくれという注文は朝からひっきりなしであるし、カウンターの列があまりに滞れば、代わりに返却図書を棚へ戻す業務くらいは手助けせねばならない。

「すみません、免田さん」

「いや、いいんだ」

　すまなそうな遥香に苦笑をかえし、免田は返却された本を両腕にかかえて立ちあがった。

　あたりまえの話だが、大学図書館の蔵書は日本語で書かれたものばかりではない。英語ならまだしも、フランス語、ドイツ語、中国語ともなると、整理番号をもとに棚に戻すだけでもすこしまごつく。

　免田は在学中、第二外国語はフランス語をとっていた。だが卒業してもう十年だ。単語も文法もとっくに忘れた。ましてやタイトルが法律用語やら、理学や工学等の専門用語ともなればちんぷんかんぷんである。

　四苦八苦しながらなんとか本を棚に戻していると、視界の隅にひとりの女子学生が映った。

彼女は「一般図書」と区分された書棚の前に立っていた。

全体から見ればほんの一部だが、大学図書館にも一般小説や、くだけた文芸評論書、ノンフィクションなどを置いているコーナーがある。

彼女はそこに陣どり、一冊の古い本を抜きとってぱらぱらとめくっていた。しばし迷ってから、閉じて、棚へ戻す。

書名が見えた。『薄暮』だ。もう十五年以上も前に刊行された、黴《かび》のはえたようなベストセラー本である。

無言で免田は顔をそむけた。

——あんな古い本こそ、さっさと閉架行きにしちまえばいいものを。

内心でそうつぶやき、彼は口の中でごくちいさな舌打ちをした。

業務に追われるうち、あっという間に一日は過ぎた。気づけば外はとっぷりと濃紺の夜闇に覆われている。タイムカードを押し、ロッカールームへ向かう。だいぶ衿《えり》のくたびれてきたコートを羽織ったところで、

「そうだ、免田さんも行きません？」

と横から急に声をかけられた。

「……は？」

思わず、きょとんと問いかえす。

一昨年《おととし》に学生課へ配属になったばかりの若い男性職員が、

「合コンっすよ、合コン。公務員ほどじゃないけど、おれらそれなりに安定した職業ってことでけっこうもてるんすよ。免田さん、まだ三十そこそこで独身でしょ？　出会いほしくないっすか、ねえ」

　と立て板に水でべらべらと言いたてはじめる。

　気圧《けお》されて、免田は思わず数歩後ずさった。

「いや、おれは、その……」

「だいじょぶっす。今日の相手、まあまあいけるはずっすよ。幹事の子、おれの知りあいの知りあいだし、事前確認してあります。プーの子なし、全員ＯＬ。おまけに平均年齢は二十四歳だって――」

「おい、やめとけよ」

　かたわらの同僚が、彼を肘《ひじ》でつついた。

「だめだって、ほら。免田さんはさ、あの――例の、あれだから」

「ああ」

　はっとしたように男性職員が目を見ひらく。

「そっか、そうでした。免田さんには永遠のカノジョがいるんすもんね。どうもすんませんでした。おれってほんと、忘れっぽくて」

「すいません。こいつ悪気はないんですよ」

　そうなんす、とお調子者の職員がへらへら笑う。隣の同僚が苦笑顔で「ほらちゃんと謝れ」と彼に無理に頭をさげさせる。

「いや、いいよ」

免田は半笑いで、手を振った。

「いいんだ、ほんと……気にしないで」

言える言葉はそれしかなかった。

気弱な笑顔とは裏腹に、また胸の底へどす黒い澱《おり》がうっすらと積もっていく。それと自覚しながらも、免田はいま一度「いいんだ」とつぶやいて、逃げるようにその場を去った。

風雪注意報と暴風警報が出ているだけあって、外はひどい天候だった。

このぶんでは明日の朝、道路は凍ってぎらぎらと鏡のように光っていることだろう。傘はさしても無駄なので、首をすくめ、コートの衿に顎《あご》を埋めるようにして帰途をたどる。

免田は徒歩通勤だった。

大学まわりには当然ながらアパートが多い。むろんほとんどは学生用だが、結婚予定のない単身男性であれば条件にほぼ変わりはなかった。

定年まで彼はこの生活をつづけるつもりだった。大学そばに住み、徒歩で職場と住居を往復するだけの人生でよかった。それでじゅうぶんだ。なんの不満もない。

免許証はいちおう持っているものの、車を買う気はさらさらなかった。

──だって運転中に、もし〝あれ〟が来たら。

考えるだけでぞくりとした。

車でもし事故を起こしたなら、狂うのは自分の人生だけではない。誰かを泣かせるのはいやだ。ニュースになるのも御免だ。自分はこのまま目立たず、人波にまぎれて無害に一生を終えるのだと彼は心に決めていた。

ひとり暮らしのアパートは、風がないだけで外界と同じほど冷えている。

灯りをつけ、ヒーターのスイッチを入れてもすぐにあたたまるわけではない。浴室に向かい、蛇口をひねって湯を出してから、コートを脱いで部屋着に着替えた。

浴室を覗《のぞ》く。

湯はまだ浴槽の半分にも満たないが、待つ気になれず着替えたばかりの服を脱いだ。膝《ひざ》を曲げねば入れないせまい浴槽に、うずくまるようにして浸《つ》かる。

溜《た》まっていく湯を、彼はぼんやりと眺めた。

ついさっきの会話を脳内で反芻《はんすう》しかけて、内心でかぶりを振る。考えてもしょうがない。思いかえしてもしょうがない。言い聞かせて、立ちあがった。

シャワーを出し、うつむいて髪を濡《ぬ》らす。シャンプーのボトルに手を伸ばしたとき、ふいに視線を感じた。

──いる。

免田は身をこわばらせた。

背中に視線が突き刺さる。

見ている。すぐそばにいる。

うなじに、背に、なまぬるい息がかかるのがわかった。触れるか触れないか、ぎりぎりの距離にあれがいる。

――振りむくものか。

彼は思った。

きつく唇を嚙《か》む。頭皮に爪を食いこませ、痛みで意識をほかに散らす。

ああそうだ、あれがそこにいるのはわかっている。だが、それがどうだというのだ。くだらない。おまえはおれになにもできやしない。

――だっておまえはもう、死んでいるんだからな。

死人がいまさら、なんの用だ。おまえにできるのはしょせん、そうやっておれにつきまといつづけることだけだ。

好きなだけまとわりついていればいい。おれはおまえなど無視して生きていく。まわりがなんと言おうと知ったことか。だっておれはもう、おまえの顔さえろくに覚えちゃいないんだからな。

ひた、と背中に冷えた掌《てのひら》を感じた。

誰かが掌を彼の背にあてている。まるで背後から鼓動を感じようとでもしているかのように、心臓の真後ろに押しあてている。

冷たい。氷のようだ。湯船であたたまったはずの体が、瞬時に冷えていくのがわかる。寒気が背中を這《は》いのぼる。

はっきりと、気配を感じた。

彼よりひとまわり小柄だ。痩《や》せている。

手足はきっと棒きれのように細いだろう。指さきに力を入れることさえ、きっと困難なはずだ。

いているだろう。肌は水分を失い、かさかさと紙のように乾

──なのに、怖い。

それがそこにいることが、おれは怖い。怖くてたまらない。振りむきたい。でも、それすらもできない。動けない。

冬の夜半、免田はひとり、浴室でしばし石になったようにうずくまっていた。

3

「あ、泉水ちゃんからメールだ」

愛用のノートパソコンのメーラーをひらき、部長が声をあげる。

「定期便ね。で、今日はどこのうどん屋よ」

と藍が応じ、「意外と律儀ですよね」と森司もうなずいた。

旅に出てからというもの、なぜか泉水は毎日、部長のパソコンのアドレスにうどん画

像を届けていた。生存確認は桑山のツイッターでできるから無用だと思っているのか、必ず本文なしの画像のみである。

俗に「日本は〝うどん県〟か〝そば県〟かでほぼ二分できる」のだそうだ。

いま泉水のいる四国は高知県が「ややうどん優勢」で、残り三県は「圧倒的うどん優勢」であるらしい。こと香川県に至っては、言わずもがなだ。

というわけで四国に入ってからというもの、泉水たちは毎日三食のうち一食はうどんを食していたらしかった。

あるときは稲荷寿司つき、あるときは刻み葱《ねぎ》に生醤油《きじようゆ》のみ、またあるときはカツ丼つき、さらにあるときは卵とじゃこ天つき――といったふうに、連日あらゆるバージョンのうどん画像が届けられてくる。

「たまには一言くらい添えて送ってくればいいのに。客観的に見て毎日うどんだけって、ちょっと不気味よね」

いまさっき届いたばかりほやほやの釜玉《かまたま》うどん画像を眺めて、藍はため息をつく。

部長が首をかしげて、

「でもそろそろ帰ってきそうだよ。これ、一軒目と箸袋《はしぶくろ》が同じだ。四国一周し終えて、フェリーの船着き場近くまで戻ってきたんじゃないかな」

「箸袋までよく覚えてるわねえ」

驚き半分、呆《あき》れ半分で藍が慨嘆した。

「うどんついでに、おれちょっとメシ食ってきます」

と、画像に食欲を刺激された森司が立ちあがる。そういえば寝坊して朝食をとっていなかった。このぶんではとても昼までもちそうにない。

ふと部長が目線をあげ、「あ、八神くん」と森司を呼びとめた。

「食堂まで行くなら、ついでに図書館に寄ってきてくれない？　ぼく、この本をちょっと見たいんだよね」

手もとのメモにさらさらと書名を書きつけ、彼に手渡す。

「二階の、大学史に関する展示場みたいなとこに置いてあるよ。閉架の本と違って管理がゆるいから、勝手に持っていってカウンターに出せば貸しだしてくれるはず」

「メシのあとでもいいですか」

「いいよ、急がないから。よろしくね」

手を振る部長を背に、森司は部室の引き戸を閉めた。

うどん画像に食欲をそそられたはずの彼だったが、食堂へ入った途端、やはり気移りがした。結局つい「豚味噌《みそ》焼肉丼」などという重たいものを頼んでしまう。しかしこれはこれで正解だった。昨夜七時以降なにも入れていない胃に、脂と肉が沁《し》みわたるようであった。

舌に残る脂をぬるい番茶で洗い流して、部長に言われたとおりに図書館まで足を延ばす。

もしかしてこよみがいるのでは、と期待して一階の開架をざっと一巡したが、見覚えあるかたちのよい後頭部は見あたらなかった。あきらめて、おとなしく彼は二階へと向かった。

はじめて足を踏み入れる二階は、ひんやりとして静かだった。

階段をのぼっていくと、右側一帯を区切るようにポールパーティションが置かれ、ゆるくロープが張られていた。どうやらこちら側は学生立ち入り禁止らしいとみて、左へ曲がる。

大学史の展示場とやらは、埃《ほこり》っぽく薄暗かった。おそらく職員すらめったに出入りしないのだろう。メモを頼りに本を探し、手にとって廊下へ出た。

ポールパーティションの向こうに人影が見えた。思わず目をすがめる。

おそらく職員だろう、三十代なかばの男性だった。閉架から出てきたらしく、本を数冊小脇にかかえている。

彼の背後で、きらりと銀いろににぶく光るものが見えた。

「あの」

森司は職員に向かって片手をあげ、

「鍵《かぎ》。鍵穴《かぎあな》に差さりっぱなしですよ」

と閉架のドアを指さした。職員は一瞬ぽかんとしてから、目をしばたたいて「ああ」と気の抜けた声を出した。慌てて駆けもどり、ドアノブから鍵を引きぬく。

「ごめん。ぼうっとしてたよ、ありがとう」

「いえ」

森司は手を振った。職員が目じりに笑い皺《しわ》を寄せ、かるく礼をして森司の横をすりぬける。

瞬間、静電気のような、火花のような感覚が「ちりっ」とふたりの間に走った。

だが、気づいたのは森司だけだった。男性職員は蔵書をかかえ、振りむきもせず早足で階段をおりていく。

いま一度呼びとめようか、森司はしばし迷った。しかしなんと言っていいのかわからなかった。

――あなたの背中のそれ、ご存じですか。

いきなりそんなことを言われても、あの男とて困ってしまうだろう。

見知らぬ学生が霊がどうこうなどと言い出せば、ふつうは戸惑う。呆れ、困惑するくらいならまだしも、へたをすると怒りだすかもしれない。最悪の場合、宗教の勧誘と勘違いされることだって十二分にあり得る。

――ひとまず、おせっかいはやめとくか。

森司は短い吐息をついて、本を片手にゆっくりと階段をおりていった。

4

「すごい本借りてるんだね」

そう声をかけてしまったのは、ふとした気の迷いだったとしか言いようがない。

兎田の言葉にきょとんと大きな瞳《ひとみ》で振りかえったのは、例の「きれいな女子学生」であった。

黒髪のショートボブが濡《ぬ》れ羽いろに光っている。借りてすぐ出るつもりなのか、コートもマフラーも着けたままだ。クラシカルなデザインのダッフルコートだが、細身のラインがきれいなせいか野暮ったくも子供っぽくも見えなかった。

「すごい……かもしれませんね」

そう言って女子学生は苦笑した。

いや、苦笑いではない。笑うと眉間《みけん》の皺がほどけて、困ったような独特の顔になるのだ。

彼女はぶ厚い英語の原書を数冊手にしていた。

門外漢の兎田にも、タイトルや表紙にちりばめられた『アルケミー』だの『ブラックマジック』だのといった単語は読みとれる。つまり、錬金術に黒魔術だ。

女子学生が小声で言う。

「じつはわたし、オカルト研究会所属なんです。だからこれはサークル活動の資料というか、参考図書みたいなもので」

意外な返答に、思わず免田は目を剝《む》いた。

「オカルト――？　ええと、ということはひょっとしてきみ、霊感があるとか？」

「いえ。残念ながらありません」

きっぱりと彼女は首を振って、

「ただ部員に〝視《み》える〟というか、〝感じる〟先輩がふたりいるんです。でもわたしはぜんぜんだめなので、せめて知識のほうで役に立てたらと思って」

とまぶたを伏せた。

長い睫毛《まつげ》が頰にうっすら影を落とす。

ついさっき二階で会った男子学生を、免田は思いかえした。

「鍵が鍵穴に差しっぱなしですよ」と教えてくれた子だ。目の前に立つ女子学生と、免田がこっそり「お似合いだ」と認定していたまさにその相手であった。

――まさか、彼がその〝視える〟先輩とやらじゃあるまいな。

そういぶかしんだそばから、「いや違うな」と内心で打ち消した。

あの彼は、いかにも平々凡々とした穏健そうな青年だ。それに失礼かもしれないが、「おれそういう怖いの、苦手です」と公言してはばからないタイプに見える。

男らしく頼りがいがあるというよりは、素直で馬鹿正直で、ちょっと気弱そうなところが可愛い、と女の子に評されるだろう子だ。同年代よりも、免田のようなひとまわり上の世代に受けのよさそうな男子学生である。

われ知らず、免田の頬がゆるんだ。

気持ちまでもが、ふっとほどける。警戒心と、自衛の念がつい薄れる。

気づいたときにはひとりでに、

「その本、読んだことある？」

という問いが口からこぼれ出ていた。

彼の指さす先を追って、女子学生が書棚の背表紙を見やる。黄ばみかけた、古い一般図書であった。

タイトルは『薄暮』だ。

「いえ」

女子学生はかぶりを振って、

「でも概要は知ってます。若くして難病にかかった女の子の日記を、顧問の先生が死後に編纂《へんさん》して出版したんですよね。日記には詩や掌編もたくさん記されていて、どれも好きな男の子に向けて書いたものだったとか」

「よく知ってるね」

今度は免田が苦笑する番だった。

彼女が心外そうに、

「だって、当時のベストセラーだったらしいじゃないですか。わたしはまだ子供でしたけど、映画やドラマにもなって一大ムーヴメントだったたってなにかで読みましたよ。それにその女の子、このすぐそばの市民病院に入院していたんでしょう？」

「ああ」

ひかえめに彼はうなずく。

「亡くなったのは市民病院でじゃなく、がんセンターでだがね。でも確かに、長いこと市民病院に入院してた——していたらしい、よ」

わずかに舌がもつれた。

だが女子学生は気づかずにいてくれたらしい。

「いまでもお墓には、読者が供えるお花が絶えないそうですね。そういえば数年前から、命日にはツイッターで有志の『墓参ツアー』が呼びかけられるようになったって、ネットで読みました」

「らしいね」

免田の頬がわずかに引き攣《つ》る。

まったく、なんでおれはこんな話題を持ちだしてしまったんだろう。

目の前のこの子に「知らないです。なんですかそれ？」と否定してほしかったのか。

いやそれどころか、もしかしたら、おれは。

——おれは。

「ごめん。そろそろ仕事に戻らないと。観覧中なのに、話しかけて悪かったね」

顔の筋肉をこわばらせたまま、免田はきびすをかえした。

そうして歩きだしながらも、彼はまた、背中にあの冷えた粘い視線を感じていた。


大学職員のうち弁当持参の者は、学生課の裏にある事務室で弁当を食べるのが決まりだ。そうでない者は学生に混じって食堂で昼食をとるか、外へ出るかしかない。裕福な私立には「教職員食堂」なる個別の食堂を持つ大学もあるそうだ。が、いわゆる貧乏駅弁大学の雪大では、当然望むべくもないシステムであった。

風邪気味か、よほどの寝坊でもしない限り、免田はほぼ毎日弁当持参だった。ひとり暮らしゆえ、むろん自分の手製だ。といっても炊飯器から白飯を盛り、適当に夕飯の残りや冷凍食品を詰めこむだけである。表向きは節約のためということにしているが、本音は「学食も、外でのランチもうっとうしい」からだった。

学食はなにより学生が騒がしい。それに職員たちが近くの席に座って、なにやかやと話しかけてきがちだ。

一方、外で食べるとなってもやはり行く店は限られてくる。どこも混むせいで相席を強いられるし、店で職員たちと出会うといっしょに座らざるを得なくなる。そうなればまた、雑談めかした根掘り葉掘りの質問攻めが待っている。

その点、弁当持参のメンバーは静かなものだった。

ほとんどは女性職員で、彼女らは女同士で固まって食べる。男は中年の既婚者ばかりで、てんでばらばらな席に座り、お茶と弁当をかきこむだけでほとんど話しかけてくることもない。

免田は白飯に、冷凍食品の唐揚げとミックスベジタブル、不格好なたまご焼きだけの昼食を終えると、椅子にもたれてお茶を啜《すす》った。

まわりにちらほらいた男たちはみな喫煙室へ行ってしまった。背中越しに、女性職員たちの会話が聞こえてくる。

「そういえば酒井《さかい》さん、どこの式場で挙げるかもう決まったの？」

「それが難航中。あたしの希望と、向こうのご両親の希望が合わなくって。ほんとは海外でやりたかったのにさ、向こうの反対で国内になったってのに、その上式場やドレスのことまでうるさく口出ししてくるんだもん。結婚前からひっかきまわされるなんて前途多難もいいとこよ。彼氏はどっちにもいい顔しようとして、ぜーんぜんあてになんないしさ」

「そう言いながら、顔が笑ってるわよぉ」

「あれよあれ、愚痴ものろけのうちってやつ」

あはは、と笑い声があがる。

「なになに、酒井さんの式の話？」

ふいに男の声がかぶさった。どうやら外食ランチ組が戻ってきたらしい。場が、一気に騒がしくなる。

「おれらも呼んでくれるんでしょ？　でさ、酒井さんのお友達か後輩、紹介してよ」

「なにそれ、調子いい」

「だって二次会って出会いの場じゃん。ふだん大学と家の往復でぜんぜん出会いないいんだしさ、独身男にちょっとは救済の手を差しのべてくれてもいいじゃないすか。ただでさえこの職場、男も女も独身すくないんだし助けあいましょうよ」

「嘘ばっか。こないだ合コンしたって言ってたじゃない。でもまあ独身組は、なるべく二次会に招《よ》んであげるとするわよ」

「やったあ」

「酒井さんさすが。勝ち組の余裕」

だが、免田には誰も声をかけようとしない。

彼も独身職員だということが頭から消しとんでいるのか、それとも存在すら目に入っていないのか。

わいわいと明るく騒ぐ彼らの声が、棘《とげ》のように背中に痛かった。

ロッカールームへ向かい、弁当箱をかばんにしまった。ついでのように、携帯電話を確認する。

メールが一件届いていた。古い友人からだ。

ひらくと「ひさしぶり。今朝、ふたり目の子が無事に産まれました」という内容だった。特別に免田ひとりに知らせたかったわけではないようで、一斉送信のＣＣメールであった。

免田はごく事務的に「おめでとう。お祝い贈るよ」と返信をした。

午後の仕事を終え、タイムカードを押し、表へ一歩出ると、世界は白綿の雪にすっぽりと覆われていた。

どうりで静かだと思った、と口の中でつぶやく。みっしりと積もった雪は、ウレタンか鉛のように音を吸いこんで遮断してしまうのだ。

風はない。上空から大粒の雪が、ほぼ垂直に絶え間なく降ってくる。傘をさし、さくさくと雪を踏んで彼は歩いた。だが足跡さえ、降る雪にすぐさまかき消されてしまう。

アパートに着き、自室のドアを閉めた。

いつもの気配を感じた。

ねっとりと湿った、糸をひくように粘着質な視線だ。彼の背中を、穴があくほどじっと見つめている。

免田は気づかぬふりをして靴を脱ぎ、リヴィングに入った。

電話機がちかちかと点滅している。指で押すと、『留守電一件、再生します』と機械的な音声のあとに、恩師のだみ声が流れだした。

「免田くんか。ひさしぶり、元気にしてるか。じつは今日は、いい知らせがあるぞ。出版社の人から電話があって、『薄暮』の新装版を出してくれるんだそうだ。よくわからんのだが、いまなんとかって映画が流行《はや》りで、その煽《あお》りで純愛ブームが起こってるとかなんとか……」

免田は留守録の再生を止めた。

しらじらとした沈黙が落ちる。

誰に聞かせるでもなく、免田は長いため息をついた。腹は減っているはずなのに、まるで食欲がなかった。

せめてコーヒーでも飲むかとキッチンへ向かう。インスタントしかないが、砂糖とミルクをたっぷり入れれば腹のたしにはなるはずだ。

カップにインスタントコーヒーの粉と水を入れ、レンジに突っこんだ。軽快な音が鳴る。ターンテーブルがまわりだす。

——でもやはり、誰かが見ている。

レンジから出したカップに砂糖を入れ、ミルクをそそぎ、ひとくち啜った。甘い泥水のような味がした。

神経がささくれる。胃の底が波だち、吐き気がこみあげる。

振りむきざま、彼は思いきり背後の視線に向かってカップを投げつけた。

「消えろ」

怒鳴ったつもりだった。だが洩《も》れたのは、しわがれたかすれ声だけだった。

「……いつまでもうぜえんだよ、死人のくせに」

壁にぶちあたったカップは砕け、床に白い破片が散らばっている。アイボリーの壁に、褐色の染みが大きく滲《にじ》んでいる。

「もう、おれにつきまとうな。──消えちまえ」

語尾が力なく消え入った。

もちろん、どこからもいらえはなかった。

ゆっくりと免田は、両手で顔を覆った。

5

傘をさすほどではない粉雪が、ちらちらと舞っている。

森司は講堂を出て、構内の舗道を歩いていた。農学部棟の前へさしかかったあたりで、ふと足を止める。

人波の向こうに、百九十センチを超える長身巨躯《きょく》の男がいた。足早に駆け寄り、声をかける。

「泉水さん、帰ってたんですか」

「ああ、今朝がたな」

生欠伸《なまあくび》を嚙《か》みころしながら、泉水はうなずいた。

「研究室に寄って雑用片してたら午後になっちまった。みやげは本家に預けてあるから、おまえらのほうで好きに分けとけ。おれはバイトに行く」

「ご、ご苦労さまです」

自然と森司の頭がさがった。

裕福な〝本家〟の部長とは違い、分家次男の泉水は学費を奨学金で、生活費をバイトでまかなっている。しかも荷揚げ、引っ越し、自販機補充など体力勝負のバイトばかりだ。今朝四国から帰ってきたばかりで肉体労働へ直行するのは、さしもの彼でもしんどいはずであった。

「じゃな」

きびすをかえした泉水を、

「あの、ちょっとすみません」

と慌てて森司は呼びとめた。怪訝《けげん》そうに泉水が振りかえる。

バイト以外の時間はつねに部長のボディガード然とひかえている泉水と、ふたりだけで話せる機会はすくない。この好機にと、森司はずっと訊《き》きたかった問いをごく小声でぶつけてみた。

「あのう……王子様どうこうって、なにか聞いてます？」

「はあ？　なんだそりゃ」

てきめんに泉水が顔をしかめた。

「いきなりなに言ってんだおまえ、気色悪い」

とりつくしまもない返事だ。しかし森司の顔は真逆に、ぱあっと輝いた。しっぽを振る犬のごとく、抱きつかんばかりに彼に駆け寄る。

「信じてました。泉水さんだけは違うって」

「あぁ？」

握手を求めたが、すげなく振りはらわれた。

「ついに童貞が脳にきたか。いいか八神、悪化して性犯罪に走る前に適当なとこで捨てとけ。それ以上は危険だぞ」

野郎が後生大事に守ってても価値なんかあがらねえんだからな、と、うっとうしそうに泉水が言う。あいかわらず口が悪い。が、今日はまるで気にならない。なにを言われてもにこにこしている森司を泉水は薄気味悪そうに眺めてから、

「ああ、それよりさっき、こよみが家電を見に電気屋へ行くとか言ってたぞ。おまえどうせ暇なんだろ。なにを買うのか知らんが、荷物持ちやってやれ」

と正門の方角を親指でさした。

途端に森司は「え、あ――はい」と口ごもった。

泉水が眉《まゆ》をひそめる。

「どうした。行かねえのか」

顔を覗《のぞ》きこまれ、急いで森司はかぶりを振った。

「いえ、行きます」

そうだ、おれはひらきなおると決めたんだ。そう己に言い聞かす。

たとえ彼女が誰を好きでも、おれの気持ちは変わらないのだから、いままでどおりにしていればいい。荷物持ち上等だ。あの子の役に立てるのなら、それがいちばんではないか。

「行ってきます。ありがとうございました」

先輩に向ける体育会系の礼をびしっと決め、森司は正門に向かって駆けだした。


自販機の焦げくさいコーヒーを片手に、免田は腕時計を覗いた。

午後三時。あと三時間で退勤だ。ほっと吐息が洩れた。最近寝不足なせいか、図書館のパソコンの前に座っているだけで体のあちこちがつらくなる。

廊下の角を曲がりかけたとき、観葉植物の鉢植えの向こうから声がした。

「そういえばさ、『薄暮』って聞いたことある？　十年以上前のベストセラーで、映画にもなった本なんだけど」

いつも免田のななめ向かいで弁当を食べている、四十代の男性職員の声だ。

「はい。タイトルだけは、たぶん」

若い男があやふやに答えるのが聞こえた。どうやら男性職員は、文具を搬入している卸の業者相手に雑談をしているらしい。

「難病で死んだ女の子が、ずっと同じ部活の男の子に恋してたっていう純愛ものなんだよ。でさ、じつはなんとその相手の男の子って、うちのあの免田さんなんだぜ」

「へええ、マジすか」

業者が頓狂《とんきょう》な声をあげる。

「免田さんて、あの免田さんですよね。すげえ意外。あの人、そんな浮いた話とか縁のないタイプだと思ってました」

「いやいや、ああいうお堅い人だからこそ純愛になるんだって」

「あ、そうか。言われてみりゃそうっすね」

業者のおどけた声に、職員のため息がかぶさる。

「……でも、ちょっと気の毒だよな。みんなあの本のこと知ってるから、免田さんには仲人《なこうど》好きの上司ですら誰も紹介しねえもん。三十過ぎて独身なのに、見合い話だってぜんぜんだもんな」

べつの職員の声がした。

「しょうがないよ。美談のヒーローに女ができたら幻滅だ」

「そうそう、夢は夢のままでいてもらわないと」

「だいたいあの人、『薄暮』の美談のおかげで採用されたんでしょ？　広告塔的な感じでさ。だから所属だってずっと図書館なわけで」

「ああそうか。それ考えたら、やっぱりずっと貞操守ってなきゃだよなあ」

「へたに結婚したら、くびになっちゃうかも」

ははは、と無遠慮な馬鹿笑いが響く。

免田は自販機の陰で息を殺し、石になっていた。ようやく呼吸がすんなり喉《のど》を通る頃には、職員たちも卸業者もその場から立ち去っていてくれた。

図書館へ戻ると、西村遥香が真っ先に、

「どうしたんですか。免田さん、顔いろ悪いですよ」

と声をかけてきた。

「ああ、うん」

頬を掌でこする。

「悪い。今日はちょっと——早退する」

早退届など出していない。だが勝手に言葉が唇からこぼれ落ちた。今日はもう、まともに仕事ができる気がしない。きっと自分はひどい顔をしているだろう。いまにも倒れそうに見えるかもしれない。全身の血が、足もとまで引いてしまった気がする。

「そうですか。お大事に」

遥香の声がひどく遠かった。


往年のベストセラー『薄暮』は、いわゆる〝闘病もの〟とされるたぐいのノンフィクションだ。中学三年の夏、難病にかかって死んだ少女の日記がもとになっている。

少女は、同じ吹奏楽部だったある少年を想っていた。彼女はフルート、彼はクラリネット奏者だった。

病院のベッドで病と闘いながら、少女は想いを日記に綴《つづ》った。元気だった頃の思い出と闘病記録の合間に、短い私小説や、つたない詩がしたためられていった。

そうして死期を悟った少女は、ある日看護師にその日記を託《たく》し、「少年のもとへ郵送してほしい」と頼んだ。

日記を読んではじめて、少年は彼女の想いを知った。

だが遅かった。少女はすでに危篤状態で集中治療室へ送られていた。ほどなくして、彼女は死んだ。

その日記を編纂《へんさん》し、原稿用紙にして二百枚強のノンフィクションに仕立てたのが、留守電を寄越《よこ》した免田の恩師だ。新聞社主催の賞に応募したところ、作品は見事に受賞した。たてつづけに映画化、ドラマ化され、一大ブームとなった。

免田少年の日常は一変した。

テレビや雑誌のインタビューの依頼がひきもきらなかった。以後、どこへ行ってもなにをしても、彼には『薄暮』の影がつきまとった。

「あれ、きみどっかで見たことあるね」

はじめのうちは、そう言われるのがすこし誇らしかった。だが次第にうっとうしくなり、話をそらしがちになった。しまいには、すこしでも相手に気づいたそぶりが見えると、その場から顔をそむけて逃げだした。

二十歳を過ぎる頃には、

――いつまでもあの本とおれを結びつけるのはやめてくれ。

と、誰かれかまわず怒鳴りつけたくてたまらないほどになった。

同時にその頃から、彼は背中にあの粘い視線を感じはじめていた。咎《とが》めるような、責めるような、それでいて悲しげな目だ。

ヘドロのように、背中にべったりとこびりついて離れない。

彼女はいつも彼を視《み》ている。

どんなときでも、どこにいても観ている。

なにをするでもなく、ただ見つめてくるだけだ。それが恐ろしかった。いっそなにかしてくれ、と思うことすらあった。

しかし彼に貼りついた視線は、やはり彼を静かに見据えるのみだった。

――おれは一生、あの眼におびやかされて生きるのか。

考えただけで気が狂いそうだった。

だから彼は、視線を無視するようになった。怒鳴っても哀願しても、つきまとう視線は消えてくれなかったからだ。

彼は身のまわりから『薄暮』に関するすべてを処分した。親には「なんて薄情な」と責められたが、それも黙殺した。

もうあの少女のことなど忘れたかった。だができなかった。まわりが忘れさせてくれないのだ。どこへいっても免田にはあの本と、死んだ少女の存在がついてまわった。

免田は大学構内を出て、早足で歩いていた。

三十二歳になった、現在の免田だ。

行くあてはない。背中にへばりつく視線から逃れられるなら、どこでもかまわなかった。だがそんな場所はないこともよくわかっていた。

「見るな。……おれを視るな」

口の中でつぶやく。雪で靴底がすべる。足をとられて、つんのめる。が、すんでのところで転ばずに済んだ。膝《ひざ》に手をつき、大きく息を吐く。

「──おまえなんか、好きじゃない」

呻《うめ》くように言った。

「好きじゃない。もう、これっぽっちも好きじゃないんだ」

──なのに、なぜ。

問いは喉の奥で消えた。

信号が青になるのを待たず、免田はその場から逃げるように走りだした。

6

雪越大学の周辺に大型の家電量販店は存在しない。行くとしたら車かバスでの、ちょっとした遠出となる。

自家用車を持たない森司は、当然のごとくバスでこよみについていくことになった。こういうときはさすがに、安い中古でいいから一台ほしいなと思う。もっとも維持費のことを考えると、やはり断念せざるを得ないのではあったが。

家電量販店の入り口前には、長い消雪ホースで深く広い水たまりができていた。基本的に車社会の田舎では、歩行者の靴を濡《ぬ》らしてでも駐車場の雪を融《と》かして車を入りやすくさせるほうが優先なのである。

水たまりを迂回《うかい》して店内に入ると、目に痛いほどの灯りが頭上から降りそそいだ。

「えーと、布団乾燥機のコーナーは」

「家電ですから、あっちです」

こよみが指をさす。

華やかな最新型パソコンやタブレットのコーナーを横目に、ふたりは地味な家電の棚へとまわった。なんでも以前からこよみが目をつけていた布団乾燥機が、セールで半額に値下がりしたのだそうだ。

目当ての商品カードをとって、こよみが振りかえる。

「もうすこし観てまわってもいいですか。たぶん、ほかにはもう買わないんですけど……なんというか、ウインドウショッピングのような」

「もちろんいいよ」

力強く森司はうなずいた。

そりゃもう、いくらでもかまわない。彼女とふたりでなら、この場を二十四時間ひたすらぐるぐる歩いていたっていいくらいだ。

よぶんな脂を落としてくれるオーブンレンジだの、南部鉄器釜《がま》の炊飯器だの、家庭用精米機だのといった所帯くさい家電を、あれこれ言いながら見てまわる。

「ここに来ると山ほどほしいものができるんですけど、冷静に考えると、なくても済むものが大半なんですよね」

こよみが吐息をついた。森司もうなずく。

「わかるよ。おれもたこ焼き器とかホットサンドメーカーとか、ぜったい使わなくなるのがわかってるのに欲しくなる」

「とくにこのホームベーカリーが、かなり手ごわい吸引力なんです」

棚にかがみこみ、真剣そのものの目つきでこよみはじっとパン焼き機を見つめた。

「いったん家に帰ってクールダウンすると『やっぱり買わなくて正解だった』と思うんです。でもお店で見ると、ついまたふらふらっと」

「家でパン焼けたらいいなあとは思うけど、材料費だってばかになんないもんな。小麦粉もバターも値上がりしたし。いまのおれとしちゃ、野菜が高いのがいちばん困るけど」

鍋《なべ》の材料がなくなってしまう、と慨嘆する森司をこよみがつと見あげた。

「野菜といえばわたし、去年プチトマトを栽培したって先輩にも言いましたよね。今年はお隣さんに、ノウハウを教えてもらえることになったんです。ご実家が農家だそうで、ほんとにいろいろ詳しいんです」

「へえ、すごいな」

森司は言った。そういえば去年の春ごろ、彼女からプチトマトの鉢云々《うんぬん》の話を耳にした覚えがある。そこそこ収穫できたとは聞いていたが、そこから今年はさらに進化するらしい。ちなみにこよみの住むアパートは女性専用で、住民間の行き来もさかんなのだそうだった。

「まだ人様にあげられるほどのものじゃないんですけど、うまくできたら先輩にもおすそわけしますね」

「ありがとう」

といちおう礼を言ってから、頭を掻《か》く。

「でも無理しなくていいよ。おれ、灘からクリスマスもしっかりプレゼントもらっちゃったしさ」

「わたしも先輩からもらいましたよ」

「いや、そうだけど」

クリスマスイヴは、こよみの実家で開催されたパーティに部員全員で出席した。

宴《うたげ》から帰途をたどる途中、森司はこっそりと彼女にプレゼントを渡した。すると「わたしも」と、リボンのかかった包みをこよみから手渡されたのだ。

あけてみると中身は『多機能油性ボールペン、替え芯《しん》セット付き』であった。たかがボールペンとあなどるなかれ、なんと二本で万札が吹っ飛ぶ高級ペンである。しかも、

「これ、すごいおすすめなんです。書きやすいんです」

とのこよみのお墨付きだ。

いつもの眉間《みけん》に皺《しわ》を寄せた真摯《しんし》な顔でそう言われ、「そ、そうか。ありがとう」と気《け》圧《お》されつつ、森司はありがたくプレゼントを受けとった。正月休みの間はずっと、箱から出したりまたしまったりして、にやにやと日がな一日眺めていたものだ。

布団乾燥機の箱を提げて店を出ると、時刻は四時をすこし過ぎたところだった。

いったんやんだ雪が、また降りだしている。

気温が低いせいだろう。コートの袖《そで》にとまった雪が、六角形の雪華模様までくっきりと肉眼で目視できた。

「五コマ目の講義、とってないよな？」

「はい。今日はもう終わりです」

「じゃあどっか、あったかいとこでお茶でも――」

と言いかけた刹那《せつな》、森司は慌てて飛びのいた。

向こうからふらふらと歩いてきた男が、彼の肩にぶつかりそうになったのだ。間一髪避《よ》けて、思わず男の顔を見やる。途端に森司は息を飲んだ。

男の顔に、確かに見覚えがあった。

「あ……」

同じく見知った顔だと思ったのだろう。こよみがなにか言いかける。

痩《や》せぎすな体。とがった顎《あご》。顔を隠すかのような太いフレームの眼鏡。間違いない。

雪越大学の職員だ。確かこの前も図書館で会ったばかりである。

だが森司が息を飲んだ理由は、それだけではなかった。

数秒、男の肩越しにそれを凝視する。そらせなくなる。

次いで視線を移すと、愕然《がくぜん》とした表情の男とまともに目が合った。瞬間、しまった、と森司はほぞを嚙《か》んだ。

——しまった、悟られた。

おれが、彼の背後にいるものに、気づいてしまったということに。

男の顔は、血の気を失って真っ白だった。頰をかすかに痙攣《けいれん》させながら、彼は震える声で森司に向かって言った。

「——なにか、視《み》えるのか」

腕を伸ばし、彼はつかみかかってきた。襟首をつかまれそうになり、森司は急いで身をかわした。瞬間的にこよみを背にかばう。男が叫んだ。

「おれの後ろに、いるんだろう。視えたんだろう。なあ、誰が視える？　どんな顔をしてる？　怒ってるか？　恨んでるか？　それとも——」

静寂が流れた。

しばし、男は凍りついたように立ちすくんでいた。背後に立つこよみが、コートの背中をぎゅっと握りしめるのを森司は感じた。

森司と男の目がふたたび合う。そらしたのは、男のほうだった。

「ああ、……ごめん、なんでもないんだ。すまなかった」

まるで、泣くような声だった。

「あの」

森司が言いかける。だがそれをさえぎるように、

「きみたち、背中が怖い、って思ったことないか」

と男は言った。

眼鏡のレンズ越しに、真っ赤に血走った双眸《そうぼう》が見えた。

「だって、見えないのって、怖いじゃないか。そうだろ？――でも、おれは見たくないんだ。そこになにかがいることだけは、とうの昔によくわかってるから」

ぎくしゃくと男はきびすをかえした。

点滅していた歩道の信号が、赤に変わる。かまわず男は走っていった。発進しかけた車が、いらだたしげにクラクションを鳴らした。

「待ってください」

森司は叫んだ。

しかし男の背中は、すでに降りしきる白い薄幕の向こうへ消えてしまっていた。

7

西村遥香や司書たちの目を盗み、免田はこっそりと二階への階段をのぼっていた。白いシャツにネクタイ、グレイのベストといういつもの格好だが、ベストの腹のあたりがあからさまに四角く張っている。

隠しているのは『薄暮』であった。

誰にも気づかれぬよう、彼は本を閉架へ移すつもりだった。

どうせ十七年も前のベストセラーなど、いまさら手にとる学生はすくない。よしんば検索を頼まれたとしても、システム管理は免田がほぼ一手に引きうけている。司書を通さず「ない」と答えてやれば、きっとそこであきらめるだろう。

ともかくいまは、この本を視界から消してしまいたかった。

捨てることはさすがにできない。しかしめったに来ない閉架の奥深くへしまいこんでしまうくらいならできる。

――もう、うんざりだ。

無言で彼を責めてくるあの視線にも、周囲の善意の圧力にも。

世の人びとはみな「自分とかかわりないところにある悲劇」が好きだ。そして、それにまつわる美談が好きだ。

彼らはいたって無邪気に、免田が今でも少女を愛していると、だから独身を通しているのだと信じている。

周囲は年齢相応に歳をとり、人並みの幸福を手に入れていく。結婚。家庭。子供。なのに免田だけがひとり、いまも黴《かび》の生えた「美談」の中に取り残されている。

にぶく銀に光るポールパーティションの脇をすり抜け、閉架の扉の前に立つ。鍵《かぎ》を、鍵穴に差そうとした。だが手が震えて、うまく差さらない。

背後の窓ガラスの向こうで、風がごうごうと哭《な》いている。雪が白い礫《つぶて》と化して、ななめに吹きすさんでいる。

免田は鍵を持つ手をいったんおろし、深呼吸をした。ベストの下に隠していた『薄暮』を取りだす。

本を床へ置き、いま一度大きく息を吸って、吐いた。風はひどくなる一方だ。ガラスが窓枠ごとがたがたと揺れている。

なんの気なしに免田は振りかえった。

そして、立ちすくんだ。

外は薄暗く、廊下の蛍光灯がくっきりとガラスに映っていた。そして、灯りに照らされた廊下の光景もだ。

免田自身の顔が見えた。閉架の扉が見えた。そして扉の前に、膝《ひざ》をかかえて座りこんでいる青黒い影が視えた。

顔は見えない。目ばかりが、ぎょろぎょろと白く光っている。

――あの眼だ。

いつも背後から免田を凝視してる、あの双眸。

さっき『薄暮』を置いたはずの床に、影はうずくまっていた。免田はただ動けずにいた。目がそらせない。膝から下が瘧《おこり》のように震える。なのに、その場にくずおれることすらできない。

――眼が。

眼が見つめている。おれを恨んでいる、責めている。

ぬるり、と影が長い腕を伸ばす。ガラス越しにそれが視える。視えているのに、彼は動けない。

伸ばされた手が、彼のうなじを撫《な》でる。冷えて、濡《ぬ》れた手だ。悪寒が背すじを駆けのぼる。

「……いやだ」

しわがれた声が洩《も》れた。

「いやだ……やめろ。やめてくれ」

――やめてくれ。

だが次の瞬間、彼は横から抱きとめられるのを感じた。あたたかい腕だ。体温のある、生きた人間の腕だった。

恐怖でこわばった首をねじ曲げ、免田は腕の主を見た。

あの男子学生だ。彼の背後に居るなにものかを見抜いた、あの青年だった。

どうしてここに。あとを尾《つ》けてきたのか、と言いかけて免田は言葉を飲んだ。なぜか青年は、免田に負けぬほどびっしょり額に汗をかいていた。

声を押しころして、彼が言う。

「見てください」

一瞬、言葉の意味が把握できなかった。

「振りかえって、ちゃんと、よく見てください。――そうすれば、わかります」

わかる。理解《わか》るってなにがだ。

だが問いを口に出すことなく、ひどく素直に免田は振りむいた。見てはいけない、と警告音はいまだ胃の腑《ふ》の底で鳴っている。だが、体が勝手に動いた。

そうして彼ははじめて、視線の主の正体を知った。

ごくり、と喉《のど》が鳴った。

――違う。

あれは、あの少女ではない。若くして病床で死んでいったあの子じゃない。違う、違う。あれは。

ごくりと免田はつばを飲んだ。

「あれは――」

――あれは、俺だ。

十五歳の俺だ。あの日あの場所に、置いてきてしまった自分自身の影――。

悲鳴じみた声をあげ、免田は背後の男子学生を振りはらった。頭をかかえる。その場にしゃがみこむ。喉からは細い声が洩れつづけていた。止まらなかった。全身が震える。いまにも気を失いそうだ。

――あの子。

まだ幼いと言っていい年齢で死んだ、あの少女。

同じ吹奏楽部だった。彼女はフルートで、おれはクラリネットだった。親しかった。よく話した。でも。

「でも……」

唇から、呻《うめ》きが落ちた。

「でも、でも違う。嘘なんだ。おれじゃないんだ。ほんとうはあの子が好きだったのは、おれじゃなかったんだ――」

ほんとうの、彼女の想い人。

それはもうひとりいたクラリネット奏者だった。

なんでもできるやつだった。吹奏楽部とバスケ部をかけもちしていた。背が高く、運動神経抜群で、おまけに楽器も巧《うま》かった。練習はさぼりがちだったのに、ソロパートはいつだってそいつのものだった。

こんな日記が送られてきたんだ、と眉根《まゆね》を寄せてやつは悪びれもせず免田に相談してきた。

「参っちゃうよなあ。おれ彼女いるしさ、こんなのもらっても困るんだよ」

免田は一瞬絶句し、

「でも、そんな、かわいそうじゃん」

とおずおずと反駁《はんばく》した。

だが相手はことともなげに肩をすくめ、

「じゃあ、おまえんとこに届いたことにしてくれよ。おれこういうめんどうなの嫌いなんだ。おまえ、あいつと仲良かったじゃん。頼むよ」

と日記を彼に押しつけてきた。

少女の日記に、想い人の名は「M」とイニシャルだけで表記されていた。Mはやつの下の名のイニシャルだった。

だがそれを、やつは「おまえだってMじゃん。免田だろ」と押しきってしまった。そうして、免田はその言いぶんをとくに抵抗もせず受け入れた。

——だっておれは、彼女のことが好きだったからだ。

そうだ。免田はずっとあの子が好きだった。だから喜んでそいつになりかわったのだ。そんなごく簡単な、ほんの数分きりのやりとりで。

驚いたことにそいつは『薄暮』が出版される頃には、彼とその会話を交わしたことすら忘れていた。

「へえ、あいつおまえのこと好きだったんだな。知らなかったよ」

と平然と肩を叩《たた》かれたときには、啞然《あぜん》としたものだ。やつにとっては記憶の片隅にとどめる価値もない会話だったのだと気づくまで、しばし時間を要したほどだ。

そうしてそいつは結局、当時の彼女とは違う子と結婚した。いまや幸福な二児の父だ。先日、ふたりめの子が産まれたとメールで連絡してきたばかりである。

そうして日記の「M」は免田になった。

最初は嬉《うれ》しかった。ほんとうに自分が彼女の想い人だったような錯覚すら、ときに感じた。

でも、じきに重荷になった。嘘をついているという罪悪感。そしてなにより、周囲の視線が痛くてたまらなかった。

日記をもとにした恩師の文章が受賞したときは驚いた。本がヒットし、有名になるにつれ、罪悪感はいやおうなしに高まった。あれよあれよという間に『薄暮』は彼の手を離れ、

「余命を見つめた恋」

「淡いからこそピュアな純愛」

とマスコミや世間にまつりあげられていった。

心苦しかった。なにもかも嘘なんだ、おれじゃないんだと叫びだしたくなることもしばしばだった。

美談から逃れようとすると、みな掌をかえしたように彼を非難した。実親さえ「おまえには情ってものがないのか」となじり、誹《そし》ってきた。

そうしていつしか、あの視線が彼にとり憑《つ》くようになった。

おれを責める眼だ。嘘つき、おまえじゃなかったのに、と咎《とが》める眼だ。

悪いと思ってる。後悔もしている。でもいまさらおれになにができる。相手はおれじゃなかった、ぜんぶでたらめでしたなんて、いまになって言えるはずがないではないか。

そうだ、言えるはずがなかった。

――なかったんだ。

がくがくと震えつづける免田の両肩を、森司はつかんだ。

顔が近づく。眼がまともに合う。

「聞いてください」

ひどく間近で、刻みこむように森司は言った。

「難病で亡くなったという女の子は、もうここにいません。たぶん彼女は、日記を無事に送ることができた時点で満足したんだと思います。だから化けて出るとか、あなたを恨んでとり憑くとか、そんなのはあり得ないんです。あなただって見たでしょう。あれはほかの誰でもない。あなた自身です」

あなた自身です――。

途端、ふっ、と免田の全身から力が抜けた。

膝《ひざ》がかくりと折れる。慌てて森司は免田を支えた。焦点の合わない目が、じわじわと光を取りもどしていく。やがて免田は、両手でゆっくりと顔を覆った。

指の隙間から、低いつぶやきが落ちた。

「――ごめんよ」

ごめん。

いつのまにかおれは、きみを人生の重石《おもし》みたいに思っていた。

きみの死を、心の底から悲しんでいたはずなのに。ほんとうにきみを好きだったのに。

いつしか、想っていてもつらいだけになってしまった。だからそんな気持ちは置いてきた。

やっとわかった。

ずっとおれを非難していたのは、きみじゃない。

あの遠い日の、ただきみを純粋に好きだったはずの、自分自身だ。

胃のあたりから、大きなかたまりのようなものがせりあがってきた。息が詰まる。熱い小石がこみあげて喉をふさいでしまう。目がしらが熱くうるんだ。しゃくりあげるような声が洩《も》れた、と自覚できたときには、もう止まらなかった。

冷えた閉架の通路にしゃがみこんだまま、免田は低く長く、嗚咽《おえつ》しつづけた。


すべてを塗りつぶし、かき消すような雪が、音もなくしんしんと降りつづいていた。

コートの衿《えり》を立て、巻いたマフラーの端を首もとに押しこむ。

免田は目をすがめた。学生課の出入り口付近に、若い職員たちが数人固まって立ち話をしている。どうやらこれから飲みに行こうと盛りあがっているらしい。

お疲れ、とかるく礼をして脇をすりぬけようとしたとき、

「免田さんも行きません？」

と声がした。

驚いて声の方向を見やる。西村遥香だった。

「いや、おれは……」

反射的に首を振ったが、

「行きましょう」

と腕をつかまれた。面食らう彼に、遥香が微笑する。

「いいじゃないですか、たまには行きましょうよ。わたし……わたし、免田さんと一度ちゃんとお話ししてみたいんです。できればお仕事以外で。本の話も、大学の話も、そうでないことも」

なかばあっけにとられて、免田は彼女の顔を見つめた。

「――うん」

ごく自然に、答えがすべり出た。

「行くよ」

眼前で、遥香の顔がぱあっと輝く。

つられたように免田も微笑んだ。笑ったのは、ひどくひさしぶりな気がした。

外はやはり雪だった。

白く霞《かす》む視界の向こうを例の「きれいな子」が、ひょろっと痩《や》せた男子学生と相合傘で正門に向かって歩いているのがわかった。

むろん相手は免田の恩人でもある、あのすこし気弱そうな男の子だ。

女の子がさすと男のほうにばかり傘が傾き、男がさすと今度は女の子ばかりに傘が偏る。しまいに「もういいか」と言いたげに傘がたたまれ、しんしんと降りつづく雪の中をふたりは肩を並べて歩いていく。

免田の視線に気づいて、遥香が言った。

「かわいいカップルですね」

「そうだね」

免田はうなずいた。自分でも驚くほど、胸の底がほわりと甘く、あたたかくなった。

「わたしたちも急ぎましょう。みんな待ってます」

前を行く職員たちの背中を、遥香が指さす。

ああ、と免田は重ねてうなずいた。

もう背中に視線は感じなかった。

コンクリートの石段にうっすら降った雪が、粉砂糖を掃いたように、さあっと風のかたちに流れていった。

第四話　夜に這《は》うもの

1

『地域社会文化論』かあ。楽だからって聞いて履修とったはいいけど、やっぱりレポートは書かなきゃいけないもんなんだねえ」

漆黒の夜空を仰ぎ、夏実《なつみ》がしかめ面でぼやいた。

「でも前期は出席のみ、レポートは後期試験の一回のみで単位くれる先生なんだよ？　じゅーぶん楽じゃん。あんた贅沢《ぜいたく》言いすぎ」

と応じたのは、夏実と同じく雪越大学教育学部一年生の真琴《まこと》だ。

あたりはとっぷりと夜だった。さすがに氷点下近い真冬の宵は、歯の根が合わないほどの寒さだ。歩道の脇に並ぶ街路樹が、強いビル風に凍えている。

真琴は防寒第一のダウンコートに両手を突っ込んで、

「だいたい夏実が大遅刻したせいでこんな時間になっちゃったんじゃん。そのあんたが文句ばっか言うんじゃないの」

と横目で友人を睨《にら》んだ。

夏実が首をすくめる。

「ごめんってば。だってバイトの交代要員の子、なかなか来なかったんだもん」

「言い争ってたらよけい遅くなっちゃうよ、行こう」

と由貴乃《ゆきの》が通りの向こうを親指でさした。真琴はうなずく。

「だね。今日をのがしたら、もうレポートの締め切りに間に合わないもんね」

「帰りモス寄っていこうよ。あたしもうおなかすいて倒れそう」

寒さに身を寄せ合うようにして、三人はアーケードつきのモール街へと足を踏み入れた。

昼間は商店街もしくは繁華街であるこのモールは、夜ともなると急に様相をがらりと変えて『歓楽街』の顔を見せはじめる。二月と八月は暑さ寒さのピークで、俗に「ニッパチは商売あがったり」などと言われるものだが、この寒波にもかかわらず通りはそれなりににぎわっていた。

ホストふうの男たちが配るチケットやビラを避《よ》け、ナンパ学生たちを無視し、遊歩道を突っ切って歩く。奥へすすめばすすむほど、あやしげな店やらホテルのたぐいが増えていく。酔っぱらいの声がひときわ大きくなり、ネオンサインの色も心なしかどぎつくなったように思える。

寒さではなく今度は身の危険に体を寄せ合いながら、さらに三人は歩いていった。

「ちょっと、まだ?」

夏実が音をあげる。

「もうそろそろ。あ、たぶんあの角曲がったとこだ」

真琴は携帯電話に表示されたマップから目をあげ、「ここだよ」と目の前の建物を指さした。

眼前に建っていたのは、二軒の簡素な木造アパートであった。どちらも二階建てで、外壁の色を除いては双子のようにそっくり同じ造りである。およそ静かには縁遠い環境だが、交通の便がいいからか空室はないようだった。どの部屋の窓にも、カーテンを透かして仄《ほの》黄いろい灯りがともっている。

由貴乃がつぶやくように言った。

「さすがに、当時の面影なんてかけらもないね」

「あたりまえよ。ここに大学寮があったのなんて、もう五十年も前のことだもん」

と真琴は答える。

「五十年前っていったら、うちの親まだ生まれてないや」

夏実が吐息を落とした。

その昔、雪大キャンパスは県内のあちこちに点々と散らばっていたらしい。統合が決定されたのは一九六五年のことだ。以後、学生の反対運動に遭いつつも、大学側はなんとか十五年以上かけて移転統合を果たした。

噂によると当時は過激な学生運動がさかんだったこともあり、移転騒ぎは学長の引責辞任どうこうに至る大問題にまで発展したのだという。現在ののんべんだらりと平和な雪大からは想像もできない時代であった。

　真琴たちがここを訪れたきっかけは、サークルの先輩が洩《も》らしたある一言だ。『地域社会文化論』のレポートで頭を悩ませていた彼女たちに、

「大学の歴史をからめて書くと採点が甘くなるよ」

と、かの先輩はなんの気なしのアドバイスをくれたのである。

というわけでアドバイスを真に受けた彼女ら三人は、その頃学部キャンパスや学生寮があったという住所にやって来た。とりあえず実地検分し、写真を大量に撮り、画像でレポートの枚数を埋めてしまおうという算段だった。

　撮影係の夏実が、デジタルカメラを手に白い息を吐く。

「さて、跡地に来たはいいけど、なにをどう書きゃいいんだろ」

　由貴乃が気のない声で、

「当時と比べて一帯はこんなに変わりましたー、こんなに発展しましたー、って書いて、〝刻々と変化していく地域社会をこの目で確認し、また実感できたことで得たものがどうのこうの〟って締めときゃいいんじゃないの」

　と答える。その横顔は白く、血の気がない。口調だけでなく目つきも、どこかよどんで生気がなかった。

　真琴の口から、

「由貴乃、あんただいじょうぶ？」

という言葉が思わず洩れた。

言ってしまってから、後悔する。由貴乃が平板な声で応《こた》える。

「なにが」

「あ、ううん、べつに」

口ごもり、真琴は右側に建つアパートの窓を見あげた。

気まずい、言わなきゃよかった、と胸中で自分の軽率さを悔やむ。そう、だいじょうぶなわけがないじゃないか。大失恋したばかりの友達にあんな言葉をかけるだなんて、われながら無神経すぎる。わたしってどうしてこう、考えなしにずけずけものを言っちゃうんだろう。悪い癖だ。

「夏実、暗いけど写真――」

撮れそうかな、と問いかけた声が途中で消えた。すぐ横で、夏実と由貴乃も息を飲むのがわかった。

三人の視線は、二階の左端の窓に吸い寄せられていた。

薄手のカーテン越しに、住人のシルエットが映っている。天井からぶらさがっているあれは、なにかの紐《ひも》か縄だろうか。紐でつくった輪っかに人影が手を伸ばす。強度を確かめるように、二、三度手でひっぱる。

影は脚立のようなものに乗っているように見える。そして、輪に何度か頭を突っこんでは、ためらっているように見える。

「ねえ、あれって――」

「うん」

ごくりと真琴はつばを飲みこんだ。

――首吊《くびつ》りだ。

間違いない。いま目の前で、誰かが自殺しようとしている。

考える間もなく、真琴は走りだしていた。

待って、と夏実が背後で悲鳴じみた声をあげるのが聞こえた。でもそれどころじゃない。待ってなんていられるはずがない。

きゃあ、と由貴乃の声が耳を打つ。真琴ははっとして窓を見あげた。どうやら影は脚立を蹴《け》ったらしい。ぶらりと二本の足が垂れて、揺れている。

アパートの階段を、真琴は全速力で駆けあがった。ブーツの踵《かかと》がうるさい。いやそれとも、うるさいのは自分の鼓動の音だろうか。

左端のドアまで走り、スチール製のドアを叩《たた》く。いらえはなかった。

ドアノブを握って押すと、体が前にのめった。鍵《かぎ》はかかっていないらしい。振りかえりざま、夏実に「通報して！」と怒鳴る。迷う間もなく、真琴は中へと足を踏み入れた。

途端、目を見ひらく。

ワンルームのアパートだった。三和土《たたき》の向こうにすぐコンロがあり、冷蔵庫があり、蛍光灯が皓々《こうこう》と点《つ》いていた。その下で若い女がぶらさがり、ゆらゆらと揺れている。

ブーツも脱がず、真琴は室内に駆けこんだ。

遅れて駆けつけた由貴乃と、ふたりがかりで女をおろす。女は意識を失っていた。しかし心臓はまだ動いていた。脚立を蹴ってから、おそらく一分と経っていないはずだ。女が首をもたげ、咳《せ》きこみはじめた。喉《のど》がぜいぜいと鳴る。だが、生きている。弱々しい咳《せき》が、次第に大きくなっていく。

真琴の体から、安堵《あんど》で力が抜けた。そばの由貴乃と顔を見あわせる。由貴乃はなぜか、泣き笑いのような表情をしていた。

警官は十分ほどして、自転車で到着した。

五十代とおぼしき警官は真琴たちの話をざっと聞くなり、

「ああ、またか」

と頭を掻《か》いた。自殺をはかろうとした女はぼんやり室内に座りこんだままだ。が、彼はろくに目をやろうともしない。

「ま、なんともなかったならよかった。じゃあね」

と言いざまさっさと帰ろうとする警官を、慌てて真琴が呼びとめる。

「ちょ、ちょっと待って」

「あぁ？」

面倒くさそうに警官が振りむいた。

真琴は声を荒らげそうになるのをこらえて、

「それだけですか。もっと本人の話を聞いたり、調書をとったりとか、ないんですか」

「あのねお嬢ちゃん。警察は、なんでも屋でも医者でもないの。第一おれたち事件性がないと動けないから、次からは一一〇番じゃなく一一九番するようにね。おじさんたちも忙しいんだからさ、勘弁してよ」

思わず真琴はむっとした。しかし警官はひらひらと手を振り、アパートの階段をさっさとおりていってしまう。

「なあに、あれ――」

むかつく、と夏実が言いかけたところで、「あ、それと」と警官がくるりと振りかえった。

階段のなかばから首だけを向けて、

「あんたら、吊んないでよ」

と初老の警官は言った。

真琴が目をしばたたく。

「……は？」

「いやね、ここいらで起こった首吊りって、なんでか知らないけど〝伝染《うつ》る〟から。あんたらも気の迷いで、首なんか吊らないようにしなさい。親御さんが悲しむからね。じゃあね」

言いたいだけ言ってしまうと、かんかんと靴底を鳴らして警官は階段をおりていった。

「ほんとうにご迷惑をおかけしました。すみませんでした」

自殺をはかった女が、三人に幾度も頭をさげる。

顔いろはまだ紙のように白く、指さきも震えていた。だが、女はほぼ完全に正気を取りもどしたように見えた。

化粧気のない頬はすこしやつれているが、たぶん二十代なかばだろう。室内にかかっているスーツの多さからみて学生でなく社会人だ。言動といい顔つきといい、もうどこにもおかしなところはなかった。声音はまだ弱よわしいものの、呂律《ろれつ》もしっかりしている。

「なんであんなことをしたのか、自分でもよくわかりません。気の迷いというか、魔がさしたというか……。すみませんでした。助けてくださって、ほんとうにありがとうございました」

礼と謝罪を何度も重ねる彼女に、「もし頭痛や吐き気がしたら、すぐ救急車を呼んでくださいね」と言い置いて、真琴たちはその部屋をいとました。

一歩出ると、外はさらに冷えこんでいた。

携帯電話で時刻を確認する。すでに真夜中近かった。三人は無言で顔を見あわせ、誰からともなく、

「……今日はもう、帰ろっか」

とうなずきあった。

空腹のはずなのに、食欲はすっかり消え失せていた。それでもなにか胃にいちおう入れようかと、灯りにひき寄せられるようにコンビニへ向かう。

ひとまずホットのドリップコーヒーを買い、外へ出てガードレールにもたれながら飲んだ。夏実はガムシロップもミルクも、たっぷりふたつずつ入れた。

「……なんか、アパート帰りたくないな」

由貴乃がぽつんと言った。

「うん。あんなの見ちゃうと、部屋にひとりでいるの怖いよね」

夏実がうなずく。

真琴が手を叩いて、

「あ、じゃあ二人とも、うち来ない？」

と言った。由貴乃と夏実はひとり暮らしだが、真琴は実家住まいだ。家は古いが、友達を泊められる部屋数にだけはこと欠かない。

それでなくとも、あっけらかんとした夏実と違って由貴乃は神経の細いところがあるのだ。なんとなく、ひとりにしておくのが心配だった。

――それに、つもる話もあるし。

由貴乃が彼氏と別れてからふさぎこんでいるのは知っていた。しかし根掘り葉掘り聞くのは失礼かと、そっと距離をとっていた。でも機会があれば、一度しっかり話を聞きたいと思っていたのだ。由貴乃だって誰かに吐きだしてしまえば、きっとすこしは楽になるだろう。

「ね？　由貴乃。ここからだとちょっと遠いけど、うちに——」

「虫が多いんだよね、うちの部屋」

唐突に由貴乃が言った。

数秒の沈黙ののち、夏実がぷっと吹きだす。

「まっさか。いま二月だよ、真冬じゃん」

虫なんていないよ、秋口ならまだしも——と言いかける声をさえぎって、

「うん、夏から秋はひどかった。ほんとひどかったよ」

と由貴乃が言う。

「醤油《しょうゆ》をさ、醤油さしに分けて入れて、テーブルに置いておくじゃない。そしたらさ、表面がなんか動いてるな、と思ったら、蛆《うじ》なの。蛆がいっぱい醤油に湧いて、うぞうぞ、うぞうぞって。ぞっとしたよ。もう、いやになっちゃった。虫が多くてさ、ほんと、夏からそうなの。ずっとずっと虫が多いの」

抑揚のない声だった。

「あんな部屋、いたくないよ。ねえ、なんであたしばっかり、こんな目に遭うのかな。あの部屋に帰んなきゃって思うだけで、いやになっちゃう。あんなに虫がいるのにさ。でも、帰んなきゃいけないよね。いやだなあ。なんであたしばっかり。なんでかな。ほ

んと、なんでなのかなあ」

ぶつぶつぶつ、と低いつぶやきが落ちる。

そのときはじめて、真琴は由貴乃の目の焦点が微妙に合っていないことに気づいた。

――この子、おかしい。

いつからかはわからない。でもおかしいってことははっきりとわかる。この子はいま、まともじゃない。

刺激しないよう、真琴はなるべく平静な声をよそおって、

「や――やっぱり、うち来なよ」

と由貴乃の肩に手を置いた。

「さっきも言ったけど、ちょっと遠いけど部屋数多いし、何日でもぜんぜん泊めれるよ。だからほんと、うち来なって。ね？」

「そ、そうだよ。真琴ん家で、三人で泊まろう」

同じく由貴乃の様子に気づいたらしく、夏実も横からそう言いつのる。声が、無残にうわずっている。

「うん、ありがと」

こくりと由貴乃がうなずき、

「でも、帰んなきゃ」

とかぶりを振る。慌てて真琴は由貴乃の腕をぎゅっとつかんだ。

「だ、だめだよ」

「どうして」

「どうしてって、……だって、虫がいるんでしょ」

「え」

ゆっくりと、由貴乃が彼女を見る。

「――おまえ、なに言ってんの？」

目が間近にある。虹彩《こうさい》がやけに大きく見える。

手を離してしまいたい衝動を、真琴は必死にこらえた。

いったいどうしちゃったんだろう。なにが起こったって言うんだろう。いま目の前にいる女は、ほんとうにあの由貴乃なのか。だってわたしたちは、一度もこの子に「おまえ」なんて呼ばれたことがない。

そこから先は、無我夢中だった。タクシーを止め、無理やり由貴乃を後部座席の奥へ押しこんだ。

運転手に自宅の住所を告げ、いまだぶつぶつとつぶやきつづける由貴乃の腕を、真琴はしっかりとつかんだ。なぜかわからないが、つかんでいないと彼女がドアをこじあけて飛びおりてしまうような気がした。

家に着くと、家人はもう寝静まっていた。

灯りはつけずに、由貴乃のブーツを脱がせる。由貴乃は体からだらりと力を抜いていた。夏実とふたりで両脇からかかえるようにして、いちばん奥の座敷へとひきずっていく。

布団を敷き、「もう寝な」と強制的に横にさせた。

由貴乃はしばらくぼんやり目をあけたまま天井を眺めていた。が、やがてふっとまぶたをおろした。

数分して、規則正しい寝息が聞こえてくる。

ほっと真琴は胸を撫《な》でおろした。

「……どうしちゃったんだろ、由貴乃」

夏実がぼそりと言った。

「この子がこんなふうになるの、はじめて見た。ねえ、あのおまわりさん、へんなこと言ってたよね。確か――首吊《くびつ》りが伝染する、とかなんとか」

「しっ」

真琴は唇に指をあてた。

その話はしてほしくなかった。いまの由貴乃の前では。そして、まだ夜が明けないうちには。

明るい陽の光のもとでなら、きっと笑い飛ばしてしまえるだろう。馬鹿馬鹿しい、気の迷いだよね、とあっさりしりぞけてしまえるはずだ。でもいまはまだ、いやだった。聞きたくなかった。

「その話はやめよう。……今夜はもう、寝ちゃおうよ。ね？」

心なしか青い顔で、夏実はこくんとうなずいた。

きっと眠れないと思ったが、まぶたを閉じているうち、どうやらうとうとしてしまったらしい。物音で、真琴は目を覚ました。

障子を透かして、かすかに通りの街灯の光が射しこんでいる。薄暗がりに、誰かがもぞもぞと動いているのがわかった。

はじめは「トイレかな」と思った。だがいっこうに部屋を出ていかない。

首をもたげてみて、真琴はぎょっとした。

由貴乃だった。長押《なげし》のＳ字フックにタオルをひっかけ、輪をつくっている。いましもその輪に、首を差し入れようとしている。

真琴ははね起きた。

慌てて電気をつける。蛍光灯のしらじらとした光が、ぱっと室内を照らしだした。

「何してるの！」

時刻も気にせず、叫んだ。

夏実が起きあがるのが視界の端に見えた。彼女も目をまるくしている。長押にひっかけたタオルの輪と、由貴乃を見くらべて呆然《ぼうぜん》としている。

「だって、虫が」

のったりとした口調で、由貴乃が言った。

体が、緩慢に左右に揺れている。眼に光がない。どろりと濁っている。

「虫が、さあ」

「虫なんかいないでしょ」

諭すように真琴は言った。しかし由貴乃はかぶりを振って、

「うん、いないから。だから」

「だから？」

「いないから、いまのうち死んじゃおうと思って」

真琴は目を見ひらいた。

由貴乃が、ほのかに微笑する。

「死んじゃえば、もう虫も来ないし、うるさくないじゃん」

「う、うるさいって――なにが？」

「わかんないけど、頭の中で、ずっと、〝誰か〟が」

背後で夏実が悲鳴を飲みこむのがわかった。

いや、きっとわたしの顔も真っ青だろう、と真琴は思う。自分でも、手が震えているのがわかった。背すじが寒い。指さきがひどく冷たい。

おびえる夏実を叱咤《しった》し、ふたりがかりで由貴乃をなだめ、ときには押さえつけて、なんとか真琴はその長い一夜をしのいだ。

2

「——ということがありまして、宮下《みやした》先輩のご紹介でこちらにうかがったんです」

杉本《すぎもと》真琴と名乗った女子学生は、そう言ってかるく頭をさげた。

宮下とは去年の夏前、イベントサークルでの怪異にかかわった宮下奈緒美《なおみ》のことだ。当時彼女はイベントサークルの幹部だったが、その後脱退し、就職も無事決まったらしい。そういえば彼女も教育学部だったな、とぼんやり森司は思いかえした。

「で、その由貴乃さんて人はどうなったの」

愛用のマグカップに口をつけて、黒沼部長が訊《き》く。

彼がすすめた菓子皿のマドレーヌを真琴は掌で辞して、

「夜が明けたらだいぶ落ち着きました。テスト期間まで休むことにしたそうで、いまは親もとに帰っています」

と言った。

セミロングの髪をハーフアップにした真琴は、一年生にしては大人びた雰囲気の子だった。受け答えもしっかりしている。おそらく同い年の友人間では、自然とリーダー格になるタイプだろう。だが今回ばかりはまるきり平静とはいかないらしく、眉宇《びう》がこわばり、頬は青ざめている。

「そうか、親御さんといっしょならまずは安心かな。心が不安定なときは、人目のある場所にいるのがいちばんだしね」

部長が腕組みした。

藍が顎《あご》に指をあてる。

「自殺が伝染《うつ》る、かあ。そういえば前にもあったわよね。意思に反して自殺したくなっちゃう場所。ほら、縁結び神社の近くの」

「でも前のあれは入水だった。今度のはどうやら〝首吊り〟らしいよ」

部長が言う。

こよみが口をひらいて、

「統計によると自殺の方法として一番多いのは、ここ五十年ほどずっと縊死《いし》だそうです。次いで上位を占めるのが飛びおり、練炭、入水だとか」

と美しい顔を眉《まゆ》ひとつ動かさずに言った。思わずといったふうに、杉本真琴がぶるっと身を震わせる。

「あ、寒い？　コーヒー淹《い》れたてだから、よかったら冷める前に飲んでね。このマドレーヌもレンジから出したばかりで、まだあったかいよ」

とやや斜め下な気づかいを見せる部長に、

「いえ、ほんと……お気持ちだけで」

と真琴は再度、いたって慇懃《いんぎん》にことわった。

遠慮されてしまった貝殻形のマドレーヌを部長はひとつかじって、

「しかしまあ、死や自殺が伝染するっていうのは、俗説としてもわりと有名な話ではあるよね。たとえば著名人が死ぬと、ファンでなくても後追い自殺が爆発的に増える現象があって、『ウェルテル効果』なんて名前までつけられている。世界的にも〝自殺報道はできるだけ自粛するように〟と、WHOからマスコミにガイドラインが公布してあるそうだよ」

と言った。

「華厳《けごん》の滝が自殺の名所として有名になってしまったのも、そこで自殺した藤村操《ふじむらみさお》とその遺書が話題になりすぎて、後追いが連続したからだそうです」

こよみが相槌《あいづち》を打つ。

部長がかるくうなずいて、

「不可思議な〝伝染性〟自殺といえば——そうだな、熊取《くまとり》町で十七歳から二十二歳の若者が五人、必ず水曜ないしは木曜に自殺した事件が典型的かなあ」

と指を組む。

「まず、十七歳の少年が自宅近くの小屋で首を吊《つ》ったのが皮切りだ。これが木曜のことで、次いで翌週の水曜日に十八歳の少年が納屋で縊死した。翌週の水曜には同じく十八歳の少年が農作業小屋で首を吊り、さらに翌週の木曜、二十二歳の若者が森でぶらさがっているのが発見された。その翌週には十九歳の少女が果物ナイフで胸を刺して自殺している。

ちなみにこの連続自殺事件の前月と前々月には、同じ年頃の若者がふたり変死しているそうだ。人口約四万人の町内でわずか二箇月半の間に起こった事件としては、桁《けた》はずれの死亡率と言えるだろうね」

「なにそれ、原因はなんだったの」

藍が眉をひそめる。

部長はかぶりを振って、

「原因はいまだ不明だよ。あまりに特異な連鎖自殺だったんで、他殺説や陰謀論もささやかれたくらいでね。全員とくに自殺する理由はなく、ひとりを除いては遺書もなかった。ただし唯一の遺書とやらもメモの走り書きで、ちゃんとしたものではなかったようだ」

と言った。

「次に異様なものとしては、『城崎《きのさき》一家八人全滅事件』というのがある。城崎町に住んでいたある八人家族が、なぜか全員死に絶えてしまった事件だ。まずこの家は、病気で長男、長女、次女をあいついで亡くしていた。そして四女が結婚直前、真冬の川に飛びこんで原因不明の投身自殺を果たしている。さらに月日を経て、五女がガス自殺をはかり、搬送された病院で縊死するという事件を起こす。

三箇月後、一家の母親は自宅裏で焼身自殺をとげた。これも原因は不明だ。残されたのは父親と次男だけだった。だがそのふたりは母親の葬儀を出す前に、自宅の同じ部屋で並んで首を吊った。証言によると五女は自殺する直前、『うちが死んだら、とうさんとかあさんも死ぬやろな』という謎めいた言葉を遺《のこ》したそうだが、はからずもその予言どおりとなってしまったわけだよ」

いったん言葉を切る。

「この一家にはじつは生き残りがいた。養子に出されていた三女だ。しかし彼女はすでに他家の人間になった身だから、やっぱりこれは『一家全滅事件』で間違いないと言えるだろうね。この姓を名乗り、この家に住んだ家族は、全員――」

そこまで彼が言ったとき、

「あの、すみません」

口を掌で押さえて、真琴が立ちあがった。

「わたし、ちょっと気分が……」

言うが早いか、部室を飛びだしていく。

向かった先は間違いなく部室棟の洗面所だろう。ぽかんとする部長の腕を、藍が「もう」と肘《ひじ》で強めに突いた。

約十分後、真琴は戻ってきた。

だが吐いてすっきりしたのか、頬にはむしろ血の色が戻っていた。さすがに部長も反省したようで、ぺこぺこと彼女に向かって頭をさげる。

「いやあ、ごめんね。ついいつもの調子で蘊蓄《うんちく》語りしちゃった。女の子の前でデリカシーなさすぎたね。ほんとごめん」

「止めなかったあたしも悪かったわ。ごめんなさい」

部長の言動に慣れて、あたしまで麻痺《まひ》しつつあるみたい――と本気でショックらしい藍を後目《しりめ》に、

「ええと、その由貴乃さんというお友達は、自殺未遂した女性のアパートの部屋を出てから、おかしくなったんだよね？」

と森司は妙な義務感にかられて話を戻した。

場を仕切るのは苦手だが、先輩ふたりがめずらしく恐縮しきっている現状ではしかたがない。

真琴は視線をすこし泳がせて、

「だと……思います。でもあの部屋にいたときは住人の女性と警官にばかり注意がいってたから、由貴乃の様子がどうだったかはぜんぜん覚えてないんです。もしかしたら、あの部屋に入ったときにもうへんだったのかも」

「そのアパートを訪ねたのははじめてだったの？　たとえば昼間の、もっと明るいうちに行ってみたことはなかったんだ？」

「ないです。あのアパートはモールを出てしばらく歩いたところにあるし、ふだん遊ぶときは、もっと手前のお店にしか入りませんから」

真琴が答えた。

「ん？　ちょっと待って。確かその住所って」

早くも復活したらしい部長が首をひねる。本棚へ振りかえると、彼はがさがさと音をたてて手製のファイルをあさりはじめた。

「やっぱりだ。そのアパートは、雪大の学生寮が建っていた跡地に建てられてるよ」

「だから、はじめからそう言ってるでしょう」

森司が呆《あき》れ声を出す。

「雪大関係の跡地だからこそ、杉本さんたちはレポートのためにそこへ行ったんじゃないですか」

「いやそうじゃなくて。えーと、ちょっと待ってね」

部長は手を振り、さらに本棚の奥深くにあるファイルをひっぱりだすと、

「ああ、あった」

とページを繰ってテーブルにひろげた。

「ほら、これだよ。えーとね、そこに学生寮があった当時にも、じつは連続自殺事件が起こってるんだ。でも記事や噂によって自殺者の数が違うから、てっきり眉唾《まゆつば》かと思ってあんまり重要視してなかったんだよね」

ファイリングされた資料を、部長が指でなぞりながら言った。藍が問いかえす。

「数が違うって？」

「自殺したのは八人だったという説もあれば、十人だったという説もあるんだ。ま、通説は八人なんだけど」

「そのあいまいなふたりはなんなの。実在しないってこと？　雪大生じゃなくて、身元がはっきりしないとか？」

「そのへんはわからないんだ」

部長が眉《まゆ》を曇らせて、

「さっきも言ったように、信憑性《しんぴょうせい》が薄いと思ってたからあんまり深く突っこんでこなかったんだよ。でも今回の件と偶然の一致とはとても思えないし……これは、過去の事件から調べてみたほうがいいのかもしれないなあ」

と嘆息した。

3

真琴の案内で、まず一行は由貴乃の実家へ向かった。ただし泉水は例によってバイトで、夜から合流の予定である。

由貴乃の家は隣市に建つ一軒家だった。

進学して家を出ると同時に「弟に部屋をとられてしまった」と言う彼女は、客間に布団を敷いて寝かせられていた。

「こんな格好ですみません」

パジャマにカーディガンをひっかけただけの姿でそう頭をさげる由貴乃は、いたってまともな女性に見えた。眼の焦点も合っているし、立ち居ふるまいも平常だ。顔いろこそやや白いが、病的なほどではない。

「あのアパートの女性が『なんであんなことをしたのか、自分でもわからない』って言っていましたけど、わたしもまったく同じ気持ちです。なぜあんなふうになったのか、死にたいなんて思ったのか、いまとなってはぜんぜん思いだせなくて」

由貴乃は顔をしかめた。

「死にたいような気がしはじめたのは、例のアパートに入ってすぐ？　それとも出てからかな」

と部長が尋ねる。

「どうなんでしょう。でも自殺を止めているときは必死でした。おまわりさんが来て、対応が悪かったのでむっとしたところまでは覚えています。その直後くらいから、すこしずつ記憶があいまいで」

「虫がどうこう言ってたらしいけど、それについては覚えてる？」

「おぼろげですけど……はい、たぶん覚えてます。なんだか気味の悪いかたちの、見たこともない虫がいっぱい這《は》い寄ってくるのを見たような」

由貴乃はこめかみを押さえた。

「でも、はっと気づいたら虫は消えていました。だからわたし、ああいまのうちだ、って思ったんじゃないかな。よく思いだせないけど、虫がいないいまのうちに、死んじゃえばいいや、って気になったような——」

かぶりを振った。

「すみません。うまく説明できないです」

「いいのよ、それがふつうなんだから」

藍が手を振ってとりなした。

「そのときの心境が自分でも理解できないのは、もういつもの状態に戻ったって証《あかし》なんだからいいことよ。ね？　部長」

「うん。そう思うよ」

部長が首を縦にする。

「ところで杉本さんの家を出てからは、死にたいって気持ちは消えたのかな。以後はもう、虫の幻覚も見ていない？」

「見てないです。なんだかどっと疲れて、体に力が入らなくなって、あれから寝てばかりいるんですけど……でも、頭はだいぶすっきりしました。死にたいと思ったこともないし、悪い夢もとくにみません。あともうすこし休めば、後期試験にも行けると思います」

「よかった」

それまで黙っていた真琴が、ほっと吐息をついた。

疲れたのですこし横になりたいと由貴乃が言いだし、それをきっかけにオカ研一同は腰をあげた。真琴だけは「もうすこしついていてあげたいから」とその場に残った。

「なにかあったらすぐに連絡して」

と言い置いて、部員四人は由貴乃の実家を辞去した。

「さて」

灰白色の曇り空を部長は見あげて、

「それじゃあぼくらは、四十数年前の連続自殺事件にさかのぼって調べるとするか。――まずは定説とされている〝八人〟からあたってみるとしよう」

と言った。

4

連続自殺事件の八人の素性は、すぐに知れた。

当時はまだ「ウェルテル効果」の命名が為《な》される前で、自殺報道に対しても規制がゆるかったと見える。

図書館でマイクロフィルム化された当時の地元新聞の記事を閲覧させてもらったところ、未成年か成人かを問わず全員の名が載っていた。

「いまじゃ考えられないわね、こんなの」

藍が吐息をつく。

「個人情報どうこう、人権どうこうと叫ばれだしたのは意外に最近の話だからね。たとえば古本屋で文庫本なんか買うと、奥付に作者の住所と本名がばっちり載ってて驚くことがあるじゃない」

と部長。

「昔はアイドルの住所なんかも雑誌にそのまま掲載されて〝ファンレターはこちらへ〟なんて書かれてたらしいですよね。押しかけられたりしなかったのかなって不思議になりますけど、牧歌的な時代だったのかな」

森司が言うと、部長はかぶりを振った。

「牧歌的な時代なんてないさ。年寄りはすぐ『昔はよかった』なんて言うけど嘘だ。いつだってそれなりに不心得者はいたし、それなりに物騒だったんだ。ただ情報がいきわたって、みんなの意識が変わったってだけのことだよ」

記事によると、一九七二年六月にまず十九歳の女子学生が自殺。次いで八月に二十歳と十九歳。

さらに九月に二十一歳。十二月に二十歳がふたり。翌年二月に十九歳。六月に十八歳の女子学生が亡くなっているという。死因はすべて縊《い》死《し》である。

「女性ばっかりなんですね」

森司が言った。

部長が顎《あご》を撫《な》でて、

「八人はね。でも除外されたふたりのうち、確かひとりは男子学生だったはずだよ」

「わからないのは、なんでそのふたりが数から除外されたかよね」

藍が部長を見やる。

「ふたりだけ時期が離れてる、とかなのかしら」

「いや、そうじゃなかったと思う。はじめてこの記事を読んだとき、ああ、十人全員がたった二年以内に死んだんだな、って思った記憶がおぼろげにあるからね」

部長は自分の額を指で叩《たた》いて、

「うーん、でもさすがに詳細は思いだせないや。ぼく、記憶力がいいのだけが自慢なのになあ、くやしいなあ」

と眉根《まゆね》に深い皺《しわ》を寄せた。

司書にマイクロフィルムを返却し、図書館を出ると、ちょうど停留所にバスがすべりこんできたところだった。これさいわいと乗りこみ、大学へと帰る。

吊《つ》り輪につかまって揺られながら、

「……これ以上資料に頼るのは無理だろうし、ここは、当時をよく知る人を大学内で探したほうが早いかもね」

藍が考えこむようにそう言った。

藍が最初に頼った伝手《つて》は、非常勤講師の矢田《やだ》だった。

矢田自身はまだ四十前だが、酒好きなのと人なつこい性格のおかげか、教授や准教授たちの間で顔が広い。六十代から七十代の教授にそれとなくあたってもらえないかと持ちかけると、矢田はあっさり「いいぞ」と受けあった。

「おまえらには何度か世話になってるしな」

と彼は笑い、「一日待ってろ」と藍に告げて去っていった。

酒飲みの輪は、早くも翌日に朗報をもたらした。

一九七二年当時、雪大生だったという教授が見つかったのである。しかも彼は連続自殺の発端となった、ひとりめの女子学生と顔見知りであったという。

「ぜひお話を聞きたいんですが」

部長が飛びつくと、

「そう言うだろうと思って、もうアポをとってある」

と矢田は、さあ誉めろとばかりに椅子へそっくりかえってみせた。

森重《もりしげ》というその教授は機械工学科専攻で、森司にはまったく馴染《なじ》みのない顔であった。白衣に銀縁眼鏡で白髪頭というういかにも〝理系の教授〟然としたルックスだが、妙に皺がすくなく、つるんとしたピンクの頬が若わかしい。

眼鏡の奥の柔和な目といい、両脇にたらした白髪といい、こう言っては失礼だが、どこかシーズー犬を連想させる小柄でかわいらしい教授だった。

「あんな昔の自殺事件を調べてるの？　変わった子たちだねえ」

そう苦笑し、森重はずずっと音をたててぬるい茶を啜《すす》った。

場所は教授用の個室である。さほど広くはないが革張りの応接セットが置かれ、おつきの秘書――残念ながら男だ――がお茶を淹《い》れてうやうやしく差しだしてくれた。

部長が膝《ひざ》をすすめて、

「さっそくですが、いいでしょうか。森重先生は、八人のうちいちばん初めに自殺した女子学生と顔見知りだったとうかがいましたが」

「ああ、北原《きたはら》マキちゃんね。うん、一般教養のとき同じクラスだったんだ」

森重は目を細めた。

「目立たない、おとなしい女の子だったよ。自分にあんまり自信がないように見えたな。確か、遺書もなんにも残さず死んだはずで……」

とそこまで言ってから、

「ん、八人？」

と首をひねる。

「いや違うよ。自殺したのはぜんぶで十人だ。一九七二年から七三年にかけて、女子学生が九人、男子学生がひとり死んだんだからね」

「でも巷《ちまた》では、不審な連続自殺が八件連続で起こった、というのが定説なようですよ」

「ああ、そりゃ〝不審な〟にかかってるからでしょ。いちおう原因がわかってるのが二件、わからないのが八件てことで、別扱いにされちゃったんだよ」

と森重は眉《まゆ》をひそめ、手を振った。

藍が尋ねる。

「じゃあふたりは自殺の理由が判明してるんですか。遺書があったとか?」

「いや、そのふたりは、学生運動やってたからね」

――ガクセイウンドウ。

ゼロコンマ数秒、森司はその単語に反応できなかった。

やがて脳内で『学生運動』と正しく漢字に変換する。知識として、いちおう知ってはいた。だがいままでの二十年の人生において、彼にはまったくと言っていいほど無縁な言葉であった。

森重は肘《ひじ》掛《か》けに頬杖《ほおづえ》をついて、

「いまどきの若い子には、なんだそれって感じだろうけどね、当時はそりゃもう盛んだったんだよ。こんな地方大学でさえ、猫も杓子《しゃくし》もヘルメットかぶって『革命だー』、『安保反対ー』ってやってたんだから、時代だよねえ」

と懐かしそうに微笑んだ。

「森重先生はそのふたりをご存じなんですか」

部長が問うと、森重はこともなげにうなずいた。

「ああ。ふたりとも優秀な学生でね、惜しいことしたよ。女子学生のほうは関西から来た子で、革命左派のシンパだった。確か氏家《うじいえ》さんとか言ったかな。さして親しくなかったんで下の名前は覚えてない。男のほうは武藤《むとう》と言って、赤軍派に傾倒してたはずだ。線の細い神経質そうなやつだったよ。気づいたらふたりとも、運動にどっぷりだったっけな」

「失礼ですが、森重先生も当時はどこかのセクトに属してらしたんですか」

「いやあ」

笑って森重は首を横に振った。

「ぼくはそういうの、あまり興味がなくてね。そりゃ学費値上げや、インターン制度廃止には賛同して署名したよ。でもそれだけだ」

と肩をすくめる。

「いまでこそ政治系の運動とはまるっきり無縁な大学になってしまったが、ぼくらの世代はそれなりにいろいろやってたんだよ。さっきも言ったインターン制度廃止を求めて、医学部の学生が卒業試験をボイコットしたりね。このキャンパスの移転統合にだって、そうとう激しい反対運動があったんだ」

「らしいですね。大学史で読んだことがあります」

「へえ、あんなの読んだの。ほんと変な子だね、きみ」

ころころと森重は笑った。

笑いが途切れたところで、森司はそうっと片手をあげて、

「あのう……学生運動と自殺って、いったいどうつながるんでしょうか。もの知らずですみません。そのへんちょっと、よくわからなくて」

とおそるおそる訊《き》いた。

森重が眼鏡を押しあげて、

「ああそうか。一九七二年で学生運動というと、ぼくらなんかはつい説明が終わったように思っちゃうが、いまの子にはぴんとこないよねえ。ごめんごめん」

と言った。

「一九七二年といえば、あさま山荘事件があった年だよ。知ってる？　あさま山荘事件って」

「はい。あんまりくわしくないですけど……映画はレンタルで観ました。ええと、『突入せよ！「あさま山荘」事件』っていう、役所広司《やくしょこうじ》主演の」

確か、学生運動にのめりこんだ大学生たちが人質をとって長野の山荘に立てこもり、警察や機動隊相手に銃撃戦をはじめるという映画だったはずだ。

しかしそう熱心に観たわけではないので、なぜ学生たちが籠城《ろうじょう》するに至ったかのいきさつはよく覚えていなかった。

森重はうなずいて、

「じゃあ事件のおおよそは知ってるね。その籠城および銃撃事件を起こしたのが、かの

『連合赤軍』だよ。自殺したふたりがそれぞれ傾倒していた『革命左派』と『赤軍派』が、協力して合わさってできたのがこの連合赤軍だ。ま、協力するにあたっての経緯は話せば長いんだけど、そこは関係ないから省略するね」

と茶の残りを啜った。

「でもあさま山荘事件を起こす前にね、革命左派も赤軍派も、リーダー格の学生はほとんど逮捕されちゃってたの。で、残りのメンバーで寄り集まってつくったのが連合赤軍。その幹部らがあさま山荘に籠城したりなんだりで一網打尽に逮捕されちゃったから、残るは烏合《うごう》の衆のみとなった。おまけに山岳ベースのリンチ事件が発覚して、それまで雄々しいイメージだった学生運動は一気に失速することになるわけね」

「サンガクベース？」

きょとんとする森司に、

「あさま山荘に立てこもる前から、彼らは強盗や殺人を犯して警察にマークされていたんです。そこで銃砲店を襲って手に入れた銃を持って、メンバーは軍事訓練を兼ねて山ごもりしました。その基地の名称が『山岳ベース』です」

と、こよみが淡々と説明した。

黒沼部長があとをひきとって、

「そういうこと。その山岳ベースには、二十九人の若者たちが集まって共同生活をしていた。うち十人が女性だ。しかし冬山だから当然寒い。食事は粗末で、厳しい軍事訓練とやらがあり、せまい空間で顔を突き合わせていれば当然ストレスも溜《た》まってくる。そこではじまったのが、〝総括〟という名のリンチだよ」

「ソウカツ、ですか」

意味がとれず、森司が鸚鵡《おうむ》がえしにする。

部長が苦笑して、

「本来の日本語の使いかたとしちゃおかしいんだけど、彼らは〝公開懺悔《ざんげ》〟みたいな意味で使っていたようだね。つまりターゲットをひとりに絞って全員の前で正座させ、『いままでの自分のおこないを振りかえり、みんなの前で告白して反省しろ』とせまるわけだ。で、ターゲットの子が言われたとおり告白すると、今度は『なんてことをしたんだ』と責めて、全員で殴る蹴《け》る、薪で叩《たた》く、縛って氷点下に放置する、という凄惨《せいさん》なリンチをやらかしたわけ」

「そんな」

森司は声をあげた。

「懺悔のあとには、ふつう赦《ゆる》しが来るものなんじゃないんですか」

「キリスト教の告解ならね。でも山岳ベースにおいてリンチ行為は〝総括を手助けするためのもの〟と見なされていたそうだ。彼らはターゲットに対し『おまえのために殴るんだぞ』、『これでほんものの革命戦士に生まれ変われる』と怒鳴りながら、内臓が破裂するまで殴打した。気を失ったら野外へ放りだして縛りつけ、凍死させた。

総括しても無駄と宣告された者は、アイスピックやナイフで刺されて殺された。ロープで絞殺された者もいれば、暴行でショック死した者もいた。リンチで殺された中には、八箇月の妊婦もいた。彼女は四日にわたって殴る蹴るされた末、胎児とともに死んだ。ちなみに彼女のリンチには、おなかの子の父親自身もくわわっていたそうだ。彼は自分が総括されたくない一心で、胎内の赤ん坊ごと妻を殴り殺したんだ」

彼らしくもなく、吐き捨てるように言う。

「二十九人いたはずの〝同志〟のうち、十二人が総括で殺された。残るメンバーは幹部を含め、山中や駅で次つぎ逮捕された。最後に残った五人が逃走の果てに、あさま山荘へ人質をとって立てこもったんだ。

事件はテレビ中継され、最高視聴率は九十八パーセントを超えた。十日にわたる籠城と銃撃戦は、学生運動に傾倒する若者たちや、進歩的文化人を熱狂させた。――だがその熱狂も、すぐに冷めた。幹部らが山岳ベースのリンチ事件を自供し、十二人の遺体が次つぎ掘り起こされていったからだよ」

部長は首をすくめた。

「いかに彼らが『あれは必要な総括だった』、『革命戦士に生まれ変わるための、重要なステップだった』と主張しようが、傍目《はため》から見ればただの仲間割れであり、多勢に無勢でいいがかりをつけて責め殺したリンチ殺人でしかない。

供述にしたがって死体が掘り起こされていくにつれ、世間の熱は冷めていった。はっきり言って、みんな幻滅したんだよ。以後、日本の学生運動はみるみるしぼんでいき、新たなカリスマ主導者を生むこともなく、運動に参加した学生たちは夢から覚めたように就職活動にいそしむようになった——とまあ、こんな流れだね」

と黒沼部長が台詞《せりふ》を結ぶ。

森重が感心したように、

「うーん、きみ説明うまいねえ」

と唸《うな》った。

「なかなかのもんだ。うちの准教授たちよりよっぽど堂に入ってる」

そう首をひねってから、彼は森司を見やった。

「というわけだ。わかるでしょ？　キイワードは〝幻滅〟と〝失望〟だよ。なお、あさま山荘の前年には同じく学生運動にかかわって自殺した、高野悦子《たかのえつこ》の『二十歳の原点』が刊行されている。どっちの影響かは知らないが、運動に血道をあげた学生が反動で自殺するのはけしてめずらしくなかったんだ」

ことに例のふたりは、大学内でも目立って活動していた学生だったからね——と森重が顎《あご》を撫《な》でる。

氏家という女子学生が縊死《いし》したのは、山岳ベース事件発覚の半月後。武藤の死は、さらにその一箇月後だったそうだ。

「思想に殉じた、ってことですか」

「と言うより、やっぱり虚《むな》しかったんだろうさ。彼女の遺書には『理想に邁進《まいしん》したつもりだった。だが手に入れたのは失望、絶望、落胆のみであった。活動は、わたしに何ももたらさなかった』とあったそうだ」

武藤の遺書はなかったという。彼らふたりの死は、学生運動の終焉《しゅうえん》のひとつとして受けとめられた。いまだ革命熱が冷めやらぬ学生たちからは、

「逃げだ」

「敗北死だ」

と糾弾されたらしいが、ふたりを責めた学生たちもやがて卒業間際になると髪を切り、スーツを着ておとなしく就職していった。

北原マキをはじめとする八人の女子学生が原因不明の連鎖自殺を遂げたのは、さらにそののちのことである。

約五年後、学校側は寮の移転を決定した。三年後、新寮設立と同時に旧寮は取り壊された。

そして十人の学生の死も、いつしか年月に風化していった。

「――なのにまさか、いまになってあの事件を聞きに来る学生がいるとは思わなかったよ。どうなの。なにかきっかけでもあったの？」

屈託なく顔を覗《のぞ》きこんでくる森重に、

「かもしれませんね。ぜんぶ片づいたら、いずれお話ししに来ます」

と部長は微笑して答えた。

5

部室に戻ると、杉本真琴から部長のノートパソコンにメールが届いていた。

「由貴乃が寝てしまったのでおいとましました。ご家族も家にそろっているので、だいじょうぶだと思います」

とのことであった。

「学生運動かあ」

部室を訪ねてきた講師の矢田が、

「そりゃまたえらいこと話が飛んだ……と思ったが、確かに五十年近く前の大学を語るなら、〝避けては通れない話題〟ってやつなのかもな」

と腕組みして言った。

「おれんとこの叔父《おじ》が、その頃中学生だったはずだ。リアルタイムであさま山荘事件のテレビ中継を観たらしいぜ。『かっこよすぎて震えた』って言ってたな。警察相手に銃を持ってドンパチやってるお兄さんたちが、現実に同じ国にいるなんて信じられなかった、だとさ」

「なんというか、ジェネレーションギャップを感じますね」

森司がため息まじりに言った。

「おれはいま、テレビで同い年くらいのやつらが銃を撃ってるのを観たとしても、たぶん『かっこいい』とは感じないだろうな。怖い、かかわりあいになりたくない、なんであんなことしてんだろう、って思うくらいで」

「ま、時代の空気ってやつがあるからな。おまえらが理解できないのはあたりまえだよ。三十代のおれでも、正直よくわからん」

菓子皿からつまみあげたラングドシャを矢田はひとかじりして、

「だが彼らに憧《あこが》れてた叔父でさえ、あのリンチ事件の発覚で冷めちまって、ころっと考えを変えたそうだ。マスコミも評論家も、掌をかえしたように連合赤軍の擁護はやめたってよ」

「みんながっかりしたんでしょうね」

部長が言った。

「なんだ、権力と戦う英雄どころか、自分たちこそ仲間内の権力をかさにきて、弱いものいじめをやってたんじゃないか――と目の覚める思いだったんじゃないかな。二十九人の仲間のうち十二人をよってたかってなぶり殺した、というのは実際すごい大事件ですよ。おまけに山岳ベースにこもる前にも、組織を抜けようとしたメンバーを『裏切り者への粛清』としてふたり殺している」

「従軍経験があるわけでもない、飢えた経験もない、何不自由なく育ったただの大学生がそこらでぽんぽん人殺してたんだから、信じられん時代だよなあ」

　矢田が苦笑する。

「思想だの宗教だのは、やっぱおっかねえな。雪大《うち》が『ブント？　オルグ？　なにそれおいしいの？』ってな大学になってくれてよかったよ。たまに宗教くさいサークルはあるようだが、それだってよそに比べりゃたいしたことないしな」

「ですよね。だからぼく、明確な思想は持たないことにしてるんです」

　部長は言った。

「思想と銃は、使いこなせない人間が持つものじゃない。二十年やそこらしか生きてない、ぼくらみたいな若造には手にあまりますよ」

「いまの学生は枯れてるねえ」

　矢田が苦笑する。

「だが時代が移り変わったら、雪大だって今後どうなるかわからんぞ。『若者特有の全能感』てやつが根絶されない限り、また革命ごっこが流行《はや》るサイクルが来るかもしれん。ま、もしそうなったらおれは、さっさと講師なんか辞めて隠居するけどな。この歳になってガキに撃ち殺されるなんて勘弁だよ」

　そう言って大欠伸《あくび》すると、矢田は椅子から立ちあがった。

　泉水と合流できたのは、予定よりすこし遅れて夜の八時過ぎであった。

真琴の言ったとおり二月の歓楽街は、この気温にもかかわらずそれなりに人通りがあった。

居酒屋の前で、大学生らしき一団が大声で騒いでいる。どうやら雪大生ではないようだったが、「後期試験があるのはどの大学も同じだろうに、いまこんなところにいていいのか」と森司は己を棚にあげてよけいな心配をしてしまった。

「さて、あの角を曲がった先が学生寮の跡地だね」

と部長が通りの向こうを指さす。寒さに弱い彼はセーターにジャケットにコートにと、まんまるに着ぶくれしていた。

正反対に薄っぺらい秋冬兼用コートの泉水が、

「こっからでももう、ろくでもないやつがいるってはっきりわかるな。気配がする」

と仏頂面で言った。

部長がずりさがった眼鏡を慌てて押しあげる。

「え、ほんとに？　そんなやっかいそうなやつなの？」

「やっかいと言やあ、やっかいだな。そう強いってわけじゃないが、ねちょっとしてるというか、陰気くさいというか——とにかく、おれの苦手な分野だ」

あからさまに泉水はいやな顔をしていた。

まさか陽気でからっとした幽霊などいるわけもないのだが、まあ彼の言いたいことはわかる、と同じく霊感のある森司は思った。

なんというか、空気の湿度と密度が濃い。この寒さにもかかわらず、不快指数の高い夏場のように、じっとりと肌ざわりが重いのだった。

森司は女性部員ふたりを振りかえって、

「あの、藍さんは灘とここで待っててもらえますか。どうも女性のほうが影響を受けやすいみたいだから」

と言った。

ごねるかと思いきや、「わかったわ」と藍はすんなり了承した。その横でこよみも無言でうなずく。

黒目がちの濡《ぬ》れた瞳《ひとみ》と一瞬視線があい、森司はほんのりとこわばった笑みを浮かべた。

実を言えば、ここに待たせておくのもいささか心配だ。が、いまの彼女には美しい大《お》叔《お》母《ば》の守護がついている。だからきっとだいじょうぶだろう、と森司は己に言い聞かせた。

もっと正直なことを言えば、跡地には泉水と部長だけで行ってもらいたかった。

怖いし、いやだ。足がすくむ。よくない予感がする。

それでも「では本日はここで失礼します」と逃げてしまわないのは、ひとえに好きな女の子の前で格好をつけたい一心である。

彼女にみっともないところを見せたくない。不必要に怖がらせたくない。森司の行動原理はいつだってそこに尽きる。王子様にはなれないにしろ、せめてうわべだけでも、こよみの前では紳士的かつ冷静な男でありたかった。

「じゃあ、行こうか」

と先に立って歩こうとした部長を、

「待て」

と泉水が襟首をつかんで止めた。顎《あご》で、自分の背後をさす。

「おまえはおれの後ろだ。八神、本家のケツにつけ。はしゃいで、万が一にもどっか行かれちゃ困る」

「えっ」

ではおれが最後尾か、と早くも森司は怖気《おじけ》づいた。しかし口に出すのは、すんでのところでこらえた。だって、背後にまだこよみがいる。

彼女がこちらを見てくれているかはわからなかった。だがせいいっぱい平静な顔をよそおって、森司は「はい」とうなずいた。

目当ての角を曲がると、外壁だけが色違いのアパートが二軒並んでいた。

おそらくこれが、杉本真琴が言っていた例のアパートだろう。確か右側の、二階の北端の部屋で自殺騒動が起こったはずだ。しかしいまその窓に灯りはともっておらず、夜闇に薄黒く沈んでいた。

「いやな感じ、しますね」

森司はぼそりとつぶやいた。

泉水の言うとおり、さほど強くはない。だが肌にまとわりつくような、粘っこい気配がある。じめじめと湿った綿に包まれたかのようだ。心なしか息苦しい。

アパートのすぐ手前には、ちいさな不動産屋があった。

さすがに営業時間ではないだろうが、皓々《こうこう》と電気がついている。まわりが暗いので、中の様子がくっきり見えた。事務員らしき女性がデスクに向かい、なにやら打ち込み作業をしている。

「八時過ぎてるのにまだ帰れないのか。日本の労働条件は過酷だね」

部長が同情するように言った。

「あのアパートもここで扱ってる物件なのかな。だったらあとで話を聞かせてもらいたいとこだけど――」

語尾が消えた。

事務員の女性がすいと立ちあがったのが見えたからだ。だが彼女が立ったのは、床ではなかった。デスクの上だった。

彼女は淡々と、両手で梱包《こんぽう》用ロープを何重にも巻いて輪をつくっていた。業務の延長ででもあるかのような、ひどく機械的な動作だ。よどみも迷いもない。

その視線はまっすぐに天井の梁《はり》へと向いていた。

反射的に、森司は走った。不動産屋の引き戸に飛びつく。だが、戸には鍵《かぎ》がかかっていた。押しても引いてもあかない。

ガラス越しに女が見える。すでにロープの輪をつくり終えている。手が梁に向かった。

駆けつけた泉水が舌打ちした。

「ガラス、割っちまうか」

「待ってください」

森司が叫んだ。

なぜかぴんとくるものがあった。彼は吸い寄せられるように、エアコンの室外機へと走った。裏側を手で探る。かなり奥まったところに、予備の鍵がテープでとめてあった。いかにも田舎者らしい不用心さだ。

「八神くん、すごいね」

目をまるくする部長に、

「最近おれ、やたら鍵と縁があるんです」

早口で答えて、鍵穴へ差しこむ。かちり、とロックがはずれる。三人で雪崩れこむように中へ入った。

女は、いましも輪に首を突っこもうとしているところであった。泉水がデスクへ駆けあがり、羽交い締めにしてかかえおろす。女は抵抗ひとつしなかった。まるで人形だ。

部長が眼前に掌をかざして振った。だが、反応がない。

泉水は女を床に横たえた。部長は顔の前で指を鳴らしながら、

「しっかりしてください。ぼくの声、聞こえますか？　声でも指の音でもいいから、聞

こえたらうなずいてください」

と言った。ふ、と女がまぶたをうすくひらいた。

唇からかすかな唸《うな》り声が洩《も》れる。が、彼女はやはり部長の声には反応しなかった。ただ焦点の合わぬ目を泳がせて、

「虫が――虫が」

と、うわごとのように喘《あえ》いだ。

6

恵方巻シーズンが終わったばかりだというのに、スーパーは早くもバレンタイン仕様のディスプレイに一変していた。

ピンクと茶色とハートの洪水から目をそむけ、森司は足早に特売コーナーへ向かった。

今年は期待しないぞ、と悲愴《ひそう》に口の中でつぶやく。

たとえ一個ももらえなくとも落胆しないよう、いまから重々自戒しておかねばならない。いかにまわりがもらいまくっていようと、羨望《せんぼう》や嫉妬《しっと》に身を焦がすことはご法度だ。とくに小山内陣の存在は鬼門である。十四日はやつを視界に入れぬよう、くれぐれも慎重に立ちまわるべきであろう。

――いやそもそも、付きあってもいない女の子から、なにかもらえると思うのが間違

いなのだ。

そう思った。

たとえばこれがなんでもない平日であったなら、「あそこに歩いてるあの子、なにかくれるかも」などと期待したりはしないはずだ。いきなり話しかけて「すみません。なんでもいいからなんかください」と声をかけたりしたら、間違いなく変質者扱いで即通報である。

むろん、イベントと平日を同列に語る時点で理屈としておかしいのは承知の上だ。だがそもそも、そのイベントなんてしろものが――。と脳内で現実逃避にひた走る森司の視界を、ふいにディスプレイの文字がちかっとかすめた。

しばしの間、森司はその場に立ちすくんだ。

そして数秒後、のろのろと彼はきびすをかえした。

帰宅すると、新築にほど遠いぼろアパートは凍えんばかりに冷えきっていた。

サボテンに日課の「ただいま」を言い、ストーブをつける。風呂《ふろ》に湯を溜《た》めている間に、買いこんできた食料を適当に処理しておく。

今日は大根とレトルトの水餃子《すいギョーザ》が安かったので、水餃子鍋《なべ》だ。「あとは卓上コンロにかけて煮るだけ」の状態にしておいて、風呂へ向かう。

風呂からあがると、室内はそれなりにあたたまっていた。

水餃子鍋はお手軽な上、なかなかに美味《うま》い。材料は特売の水餃子と大根、もやし、しらたきのみである。大根はおでんのように輪切りにせず、ピーラーで薄くするとすぐ煮える。もやしが半透明になり、しらたきに火が通ったなら、たっぷりもみじおろしをかけていただく。

テレビのニュースを眺めつつ、森司はポン酢味のしらたきを啜《すす》った。

この喉《のど》ごし、食感、歯ごたえ。これは日本人しか知り得ない快楽だよな、と思う。蒟蒻芋《こんにゃくいも》などというめんどうな素材を手間暇かけて加工したばかりか、ヌードル状にするという発想がすばらしい。形状を滝に見立てたネーミングセンスも美しかった。おまけにローカロリーで安くて、腹もふくれると来ている。

「やっぱり炊飯器、買おうかなあ……」

水餃子を口に放りこんで、ひとりごとをつぶやく。

バイト代がまだすこし残っているから、独居用の安い品くらいなら買えるはずだ。そういえば以前、部長が「古米でいいなら融通してあげるよ」と言っていた。貧乏パスタばかりの日々であったが、もともと森司は米派なのである。

――それに「炊飯器選びを手伝ってくれ」という名目で、こよみちゃんをまた家電量販店に誘える。

記憶を手繰るかのように、思わず彼は目を細めた。

先日のあれは、楽しかった。もちろんデートでもなんでもないただの荷物持ちであったが、それでも楽しかった。

なぜ好きな子といると、なにを話すでもないのにあんなにも心が浮きたつのだろうか。家に帰ってからも、しばらく顔のにやにやがとれなくて困ったほどだ。あの楽しさはまさに脳内麻薬だ。そろそろ誰かが本格的に研究および解明して、『ネイチャー』や『セル』あたりで発表してくれてもいいのではないか、と阿呆《あほう》なことを森司は考えた。

板垣果那から間接的に引導を渡されてなお、こう考えてしまう自分を、われながらあきらめが悪いと思う。

――でも、好きなんだからしょうがない。

彼女の意思はもちろん尊重する。彼女の幸せを心から願っている。だが、それとこれとは話がべつなのだ。

恋心は道理云々《うんぬん》で諭されて、ああそうですかと勝手に引っこんでくれるようなものではない。

彼女が小山内と連れだって歩くところを想像するだけで、心臓は錐《きり》で刺されでもしたようにひどく痛む。しかしだからといって、「こんなにつらいなら、もういいや」と放りだせるわけもなかった。

――それにおれ、ここであの子をあきらめたら、たぶん一生後悔しそうな気がするんだよなあ。

それこそ理屈ではない。予感だった。

「一生もの」のなにかに出会ったとき、人は直観的にそれと悟る瞬間があるという。だったらきっとこれがそうなのだろう、と森司は思っていた。

いまの自分にできるのは、好きでいつづけることと、すこしでもがんばることしかない。

おそらく二年前までの自分なら、こうは思えなかったはずだ。ああだこうだと思い悩んだ末、いま頃とっくにリタイヤしていただろう。そしてこのさき何十年も、ぐずぐずと悔やみつづける羽目になったはずだ。

これは成長だろうか。いや、変人の先輩たちとおかしな事件群に揉《も》まれて、よくも悪くも図太くなったのか、と彼は左手でテレビのリモコンを持ちあげた。

チャンネルを替えようとした、そのときだ。

ふ、と部屋の空気が変わったのを森司は感じた。

つまさきに違和感を覚える。

――なにか、いる。

なにかが近づいている。

正体はわからなかった。ただ、気配だけははっきりとしていた。ぞくりと背すじを、寒いものが駆けぬけた。

つまさきから足の甲へ、感触があった。なにかがさわさわと這《は》いのぼってくる。だが、顔を向けられなかった。動けない。全身がすくんでしまっている。

それはまぎれもない、生理的嫌悪感だった。

感触はくるぶしまで到達しつつあった。皮膚に鳥肌が立つ。震えが走る。だがやはり、動けない。怖い。なにがそこにいるか、両の目ではっきり確認してしまうのが怖い。

——だって、感じる。

視《み》ずとも彼には感じとれてしまう。

禍々《まがまが》しい気配が、すぐそこにある。薄墨を刷《は》いたように、足もとの空気だけがどす黒く重たい。

のぼってくるぞわぞわとした感触はやまない。

森司はただ、身をこわばらせたままでいた。視たくない。でも——いやでも視界に入ってくる。

それは、虫だった。

おそらく杉本真琴たちに助けられた女が、不動産屋の事務員が視たであろう虫だ。芋虫のように見えた。全身、真っ黒だった。いたるところに疣《いぼ》のような突起があり、疣の先端は毒々しい橙《だいだい》に染まっていた。

疣だらけの、黒い芋虫の大群だ。

何十匹、いや、何百匹といる。床下に卵でも産みつけられたかのように、続々、続々と湧いてくる。

虫たちは身をよじり、うねらせながら、森司の体を這いのぼっていた。彼は凍りついていた。視てしまうともう駄目だった。目がそらせなかった。

──死のうよ。

声がした。

耳を通してではない。直接頭の中に響く声だった。

女の声だ。

──死のう。ねえ。いっしょに死のうよ。

生きていたってなんにもいいことなんかないでしょう、と、やさしく女はささやく。甘ったるい声だった。どこか悲しげだった。と同時に、ねっとりとからみつくようにいやらしかった。

虫の先頭は、森司の腹にまで達していた。死のう。死のうよ。死んじゃおうよ。媚《こ》びを含んでささやき、うぞうぞと蠢《うごめ》いている。

ひ、と森司は短く悲鳴をあげた。

はじめて虫の頭部がはっきり見えた。芋虫には顔があった。女の顔だ。頰が生白い。唇が仄《ほの》赤い。笑っている。

女の顔。芋虫の体。無数のそれが、笑いさざめきながら森司の腹から下を真っ黒に染めている。穿《は》いているジャージの色が見えないほどに、覆いつくしている。

弾《はじ》かれたように森司は立ちあがった。

声をあげ、虫たちを手で払い落とす。女が──いや虫が、いっせいに白目を剝《む》いて睨《にら》みつけるのがわかった。だが彼は腕を止めなかった。

――死のうよ、死のうよ死のうよ死のうよ死のうよ死のうよ死のうよ死のうよ。

脳内でわんわんと声が反響する。

その誘いは甘美で、そしてひどく高圧的だった。森司は心を閉ざし、声を脳から遮断しようとした。だがわずかな隙間からも、声はぬるりと侵入してきた。

歯を食いしばり、彼は這い寄る虫を叩《たた》き落としつづけた。なにも考えず、機械的に手を動かそうとつとめた。

女の顔をした虫は身をくねらせ、うねり、あるものは嘲笑《ちょうしょう》し、あるものは彼を睨み、あるものはげらげら笑っていた。涙を流しながら笑っているものもいた。〝彼女〟らは、果てがないのではと思うほど、あとからあとから湧きあがってきた。気が狂いそうな眺めだった。

突然、ふ、と気配が消えた。

それは訪れたときと同様、ひどく唐突だった。

床を黒く染めていた大群が、一瞬にしてかき消える。森司はまぶたを伏せ、またひらいた。帯のような虫群はもうどこにもなかった。床に払い落とした虫ごと、幻のように消え失せていた。

テレビから流れるけたたましい笑い声が、やけに大きく響く。

荒い息を吐き、しばし森司はその場に立ちつくしていた。

汗びっしょりだ。暑い。なのに寒い。全身の血が冷えている。膝《ひざ》から下が、こまかく震えていた。

かくん、と膝が折れた。

それを合図のように、彼はへたへたとその場に座りこんでしまった。

7

「例の虫に襲われたって？　八神くんが、なんで？」

声をあげる藍に、

「……それはおれが訊《き》きたいです」

と力なく森司は答えた。

あれから彼はどうにかこうにか立ちあがり、同じアパートに住む雪大生の部屋を急襲した。とうてい部屋にひとりでいる気になれなかったのだ。

相手は学部こそ違えど同学年で気のいいやつだ。驚きはしたものの、いやな顔ひとつせず森司を一晩こたつに寝かせてくれ、おまけに朝飯までふるまってくれた。今度学食でもおごらなければ、と心中でつぶやく森司に、藍が重ねて問う。

「で、今夜はどうするのよ。もう一晩その子の家に泊まるの？」

「いや……部長さえよければ、部室にいっしょに泊めてもらおうかと」

すがるように森司は黒沼部長を見た。しかし部長は彼に目もくれず、愛用のノートパソコンを叩いている最中であった。

「え、あの、部長」

「うん、ちょっと待ってね」

うわのそらな口調で部長は答えた。突きはなされた、とショックを受ける森司に、

「先輩。あの、よろしければうちの実家に――」

とこよみが言いかける。しかしその言葉は、

「ねえ、その虫って、ひょっとしてこんなのじゃなかった？」

という部長の声にさえぎられた。

くるりと向けられたノートパソコンのモニタを覗《のぞ》きこむ。途端、森司は目を見ひらいた。首をがくがくと何度も縦に振る。

「そ、そうです。まさにこれです。こいつです」

モニタには繊細な黒い翅《はね》をひろげた蝶《ちょう》と、同じく黒いが醜悪な疣《いぼ》だらけの幼虫、そして花びらのように黄いろい蛹《さなぎ》が映しだされていた。

その幼虫を森司は指さして、

「体はこいつで、女の顔をしていました。間違いないです」

と叫んだ。

顎《あご》に指をあて、「うーん」と部長が考えこむ。

「ちなみに杉本真琴さんから今朝メールが来て、由貴乃さんは『あれから一度も異状な

し』だそうだよ。……これはひょっとして、由貴乃さんから八神くんにターゲットが移っちゃったってことなのかなあ」

「そんな。やめてくださいよ」

悲鳴のような声をあげる森司を横目に、部長がタッチパッドを操作する手を止める。

「あれ」

「どうしたの？」

藍が訊いた。

「今度は森重先生からメールだ。どうやらいい情報があるみたいだよ。体があくようだったら、みんなで午後から顔出せってさ」

「じゃあお昼食べたら、賄賂《わいろ》の手土産持ってみんなでお邪魔しましょうよ。先生も部長に負けないレベルの甘党って噂だし、扇屋《おうぎや》の栗鹿《か》の子《こ》とか」

「いいねえ」

部長は笑って、森司の肩をぽんと叩いた。

「情報収集は大事だよ。そこを怠って、うちの貴重な部員がこれ以上あぶない目に遭わされちゃ困る。――さて、お昼はひさしぶりに『白亜《はくあ》』でオムライスでもどう？　今日はぼくのおごりってことでさ」

「いやあ、あれから気になって、こっちでもいろいろと調べちゃったよ」

透かし模様の湯呑《ゆのみ》を手に、森重はあいかわらずの好々爺然《こうこうや》とした笑顔でそう言った。

場所は前回と同じく、森重の教授室である。違うのは、今日は黒沼泉水もいるということくらいだ。ただし彼の図体は応接ソファにおさまりきらないので、壁ぎわに立たされる羽目となった。

秘書が盆をたずさえて去るのを待って、

「わかったことはまず、学生運動にかかわっていたふたりと、ぼくと同じクラスだった北原マキちゃんとのつながりだ」

と森重は言った。

「連合赤軍は一九七一年にうちの県内にアジトをつくり、ほんの一時期だが身をひそめていたことがある。その関係で雪大生のうち何人かが、彼らの拠点である神奈川に何度か通い、親交を深めていたらしいんだ。そのうちもっとも熱心だったのが、十人の中でいっとうはじめに自殺した氏家弓子《ゆみこ》さんだった」

反応をうかがうかのように、オカ研部員たちをぐるりと見まわす。

「そして彼女に次いで死んだ男子学生の武藤も、この集まりに何度か参加していたそうだ。このふたりの自殺後に学生寮では八人連続の自殺事件が起こるわけだが、その〝ひとりめ〟になったマキちゃんは、県内にアジトがあった頃に運動家の学生と親しくなって、のちに失恋した経験があるらしい」

「失恋直後なら、自殺の動機になりますね」

と藍。

森重はうなずいて、

「確かにはじめのうちは、この失恋が自殺の原因ではないかとされていたようなんだ。だがその実はまわりが自殺を心配するほどの深い仲じゃなかったそうで、遺書がなかったこともあって最終的に原因不明と片づけられたんだね」

と、手土産の栗鹿の子にかぶりつく。

「しかし話がつながってるんだかつながってないんだか、仮説を立てようにもいまだあまりにデータ不足だ。そこでほうぼう伝手《つて》を探しまわって、学生時代に武藤と親しかったやつをひとり見つけたよ。そいつが一連の運動に傾倒してたかどうかは不明なんだが――どうだいきみたち、会うかい？」

「もちろんです」

部長が深くうなずく。

森重はにこりと笑った。

「そりゃよかった。探しあてたはいいんだけど、ぼく自身は来週頭に論文発表会があって、チェックしなきゃいけない学生の論文が溜《た》まってるんだよね。会さえ終わればまた時間があくから、きみたち、暇なときまた来てどうなったか結果を教えてよ」

そう老教授は言い、

「じゃあこの人に、ぼくの名を出して連絡してみて」

と、一枚の名刺を部長にすっと手渡した。

名刺の主である若林《わかばやし》は、森重と同年代とは思えぬ風体の男だった。と言っても森重に比べ極端に若いとか、逆にひどく老けこんでいるというわけでもない。ただ、度を越して年齢不詳なのだ。

髪は肩までの長髪で、根もとが地毛の黒、中ほどが金髪、毛先がピンクと三段階に染め分けられている。サイケ模様の派手なシャツに蛇皮のベストをひっかけた様は、どう見ても堅気の勤め人ではない。

名刺の肩書きによれば職業は古書店の店主らしいが、ただし扱うのは「とあるジャンルの専門書のみ」だそうであった。

その若林は、黒沼部長からざっと話を聞くなり、

「いや、一九七一年にうちの県内にアジトをつくったのは、連合赤軍じゃありませんわ。のちに連合赤軍となるかたわれの、革命左派のほうです。まあ森重くんは活動に疎かったから、違いがわからなかったんでしょうな」

と、真っ先に話のディテールを否定にかかった。直後にぐっと前傾姿勢になり、

「で、いったいなにが訊《き》きたいんです」

と問うてくる。

「氏家弓子さんのことを」

部長はさらりと答えた。

その即答ぶりに、横で聞いていた森司はいささか面食らった。「え、武藤さんについてじゃないんですか」と口をはさみたかった。藍も同じ気持ちらしく、横で目をぱちくりさせている。

部員たちの戸惑いを無視して、部長は言葉を継いだ。

「彼女はなぜ運動に傾倒していったんだと思われますか」

「まあそりゃ、革命左派の源流である『警鐘《けいしょう》』からの流れでしょうな」

こともなげに若林は答えた。

「『警鐘』はね、当時の新左翼の中ではたぶん唯一〝婦人解放〟を掲げてたセクトだったんですよ。学生運動に参加した女子学生は多かったが、その子らはたいがいのセクトじゃただの端役だった。とくに当時の運動の主格を張ってた赤軍派なんてのは、『女ぎらい』と言われたほど女性党員がすくなくてね。かの有名な重信房子《しげのぶふさこ》なんてのは、例外中の例外ですわ。でもその彼女だって、資金集めがうまいからお目こぼしされてたってだけでね。けしてそれ以上のものではなかったんだ」

「氏家さんとは、親しかったんですか」

「いや、彼女とはそれほどじゃない。わたしゃ、死んだ武藤と盟友だったんです。武藤を通して彼女の話はよく聞かされてました。それだけだ」

「じゃあ、なぜ氏家さんが婦人解放運動を望んでいたかは――」

「わかりません」

彼はかぶりを振った。

「彼女の半生だの、そこに至っただろう背景については、なにも知りません。ただ彼女がなぜ〝運動に失望した〟と書きのこしたかの理由は、すこしわかりますな」

「と言うと？」

「警鐘や革命左派の掲げる〝婦人解放〟ってのはね、『おまえら女を解放するには、まず国家権力を転覆させなきゃならん。だからおまえら、権力に挑むおれたち男にまず敬意をはらってご奉仕しろ』ってなもんだったんですよ」

いったん言葉を切ると、

「永田《ながた》洋子《ひろこ》って知ってます？」

と唐突に若林は言った。

「はい、ひととおりは」

部長がうなずく。

「もと革命左派で連合赤軍の幹部女性ですよね。赤軍派の森恒夫《もりつねお》とともに山岳ベース事件のリンチを主導した人物と言われています。死刑判決を受けたが脳腫瘍《のうしゅよう》に倒れ、二〇一一年に獄中で死亡している」

「そうです、そのとおり」

若林はいま一度かぶりを振ると、

「若いお嬢さんたちの前でする話じゃありませんがね。その永田洋子は、志を同じくして活動するはずの仲間から何度か性的暴行を受けています。しかし彼女だけじゃない。当時の運動にかかわった女性たちの手記を読むと、その強姦《ごうかん》被害の多さに毎回驚かされますよ」

　彼は急須《きゅうす》を持ちあげ、人数ぶんの湯呑に妙な香りのするお茶をそそいでいった。

「しかし学生運動家にとっちゃ、『官憲は敵！』ですからな。官憲、つまり警察に訴えでられるわけもない。第一それは仲間を売るという行為にもつながる。というわけで、被害者たちは泣き寝入りするしかなかったんですわ」

「つまり氏家さんも、同じような目に遭ったと？」

　部長が訊く。

　若林は眉《まゆ》をすこしあげただけで、直接には答えなかった。

「ま、理想に燃えたうぶな田舎の小娘なんてのは、彼らにとっちゃいちばん〝ちょろい〟存在だったんですよ」

　と低く言う。

「でも氏家さんはわかってなかった。武藤のやつも、わかってなかったなあ」

　忠告したんですがね、と若林は苦く笑った。

「若林さんは学生運動には参加してなかったんですか」

　森司が問う。

若林はにやりとして、

「わたしゃ若い頃からこんなナリでしたからね。オカマ呼ばわりされて、やつらにはほとんど相手にされませんでした。反戦運動や環境運動のほうはちょっとかじったが、それも派閥がめんどうになってすぐ抜けちゃった」

と笑った。

彼は匂いのきついハーブティを部員たちに差しだし、

「さっきも言ったとおり、革命左派は婦人解放を掲げてたんで、女のメンバーが多かったんですわ。幹部たちは男女混合の共同生活をすすめ、メンバー同士の結婚も幹部が奨励――いや、強要した。当然女は妊娠するが、そうなったら即堕胎というのが当時の常識でした。活動の邪魔ですしね。女たちは幹部に言われるがままにこっそり堕《お》ろし、幹部の命ずるがままに手術直後であってもへいきな顔で活動しなきゃならなかった。体がきついと休もうもんなら『そんな甘っちょろいことで、革命戦士がつとまるか！』と叱《しか》られるってわけです」

「そんな、ひどい」

藍が眉根《まゆね》を寄せた。

「女性メンバーから抗議の声はあがらなかったんですか」

「そんな時代と違うからね」

若林は肩をすくめた。

「組織絶対、幹部絶対だったし、まだまだ『女は男の言うことを聞くのがあたりまえ』などと時世だった。第一こう言っちゃなんだが、確固たる思想をもって活動してた学生なんてほんのひと握りだったんですよ。大半はムードに流されたり、まわりに引きずられたりで『なんだかよくわからんが、格好いいえらい人たちについていこう』、『言うこと聞いてりゃ女とやれるし、右へならえ』ってなもんでした」

と苦笑する。

「いや、わたしゃ思想や運動自体は、けっして批判しませんよ。理想を持つのはいいことった。だけど活動家のふりしてぎゃいぎゃい騒いでたあいつらのことは、正直嫌いだったね。だまされていいようにされて、あっさり堕胎する女どもも嫌いでした。同情はするが——ほらわたし、ゲイだから」

唐突なカミングアウトに、森司は口に含みかけたハーブティを慌ててごくんと飲みこんだ。

だが言われてみれば風体といい雰囲気といい、納得できる。ということは特殊なジャンルの専門書というのももしかして——と思ったが、ひとまずそこは深く考えずにおくことにする。

若林が腕組みして、

「そのせいで、女に対する目線がちょっとばかし辛くなるのは認めますわ。でもやっぱり、ありゃあ愚かだったと思うね。だいたい本気で長く活動していく気があるなら、子供なんてのは将来有望な未来の党員のはずじゃないの。それを『運動の邪魔だから堕ろせ』ってのはおかしな話でしょ。要するに男は自分勝手。女は馬鹿。それに尽きますわね」

淡々と彼は言った。

部長が問う。

「では若林さんから見て、氏家さんや武藤さんの死はどうですか。思想や運動と、関係のあるものだったと思いますか」

「思いません」

あっさり彼は答えた。

「彼らは思想に失望したんじゃない。ただ活動を通していいようにされて、女としての自分に絶望したんですよ」

「女としてって……武藤さんは男性でしょう」

思わず口をはさんだ森司に、

「あいつ、心は女でしたもの」

こともなげに若林が言う。

「あの頃はまだ性同一性障害なんて言葉はなかったし、概念もなかったからねえ。おまけにやつは、わたしみたいにひらきなおれる性格でもなかった。……さんざん悩んで苦労したあげくに、あれですよ。ま、氏家さんにだいぶ同情して、共感していたせいもあったろうがね」

若林の語尾がはじめて、かすかに揺れた。

台詞《せりふ》は辛辣《しんらつ》だったが、それは確かに友人の死を悼む声音だった。

部長はお茶の残りを飲みほして、

「お話、ありがとうございます。――たいへん有意義なお時間でした」

と腰を浮かせた。

8

「というわけだ。〝虫〟の正体は、氏家弓子さんだよ」

きっぱりとそう言う部長に、

「いや、なにが『というわけ』なのか、ぜんぜんわかりません」

と森司は困惑顔で言った。

ぴたりと閉ざされた部室の窓に、いっそう太さを増したつららがぶらさがっている。

その向こうには塗りこめたような濃い夜闇がひろがっていた。どうやらまた風が強くなってきたらしい。部室棟を囲む木々の枝が、見えない手で揺さぶられているかのように大きくうねっている。

部長がコーヒーを啜《すす》って、

「きみに見せた、翅《はね》が黒い蝶《ちょう》の画像があったでしょう。あれはジャコウアゲハという蝶で、蛹《さなぎ》の別名を『お菊虫《きくむし》』と言うんだ。ちょっと形状が変わってて、女が後ろ手に縛《つ》られて吊るされているように見えるところから、その別名がついたらしい」

と言った。

「ただしこれをお菊虫と呼ぶのは、ほぼ西日本の人だけだ。姫路市《ひめじ》がジャコウアゲハを市の蝶に指定していることも大きいかもしれない。ともあれ森重先生は、氏家弓子さんを関西の人だったと言っていたよね。無意識にでもあの虫に縊死《いし》したみずからを模すとしたら、それはお菊虫の連想あってのことに間違いないよ」

こよみが口に掌をあてた。

「そういえばこの夏、ジャコウアゲハの幼虫が市内に大量発生したっていう記事を読みました。そのせいでジャコウアゲハのおもな餌であるウマノスズクサが、ほとんど食いつくされて壊滅状態になったとか」

「そう、それだ。『約五十年ぶりの大量発生』って新聞記事、ぼくも見たよ。それが休眠していたお菊――いや、〝自殺虫〟がふたたび活動をはじめる、ひとつのきっかけになったのかもしれないねえ」

「待ってください」

森司は慌てて部長の言葉をさえぎった。

「それで、おれはいったいどうしたらいいんですか。おれにターゲットが移ったかもって部長は言いましたけど、それってまた来るってことですよね」

うろたえる森司にとりあわず、部長がつぶやくように言う。

「ここだけの話だが、由貴乃さんも最近、手ひどい失恋を経験したらしい。相手はたちのよくない男で、だいぶお金も搾りとられたようだ。だが学生の身で、由貴乃さんもそうひんぱんに貢げるわけじゃない。なら夜の店で働けとすすめてくる男に、『さすがにそれは』と彼女がことわると、それきり音信不通になってしまったそうだよ」

「なにそれ、最低」

藍が憤然とする。

「うん、最低だよね。でもそんなことがあったばかりだから、杉本真琴さんはよけいに彼女が心配だったらしい。『幽霊だか妖怪《ようかい》だか知りませんが、わたしや夏実じゃなく由貴乃だけがおかしくなったってことは、心の弱っている人に付けいってくるものなんだと思います』と言ってたよ。ぼくも、まったく同感だ」

と部長は首をすくめた。

「つまり、思想どうこうは関係ない。きっかけは活動を通してだったかもしれないが、原因は若林さんの言ったとおり『女としての絶望』ってやつだろう。氏家さんや武藤さんがどんな目に遭ったかは知らないし、知ったところでこっちの気分が悪くなるだけだから、そこは詮索《せんさく》する気もないけどね。ともかく彼女の絶望に共鳴《シンパシー》する人たちが、次つぎと影響を受けていったわけだ」

「でも当時は学生運動の余波が大きかったから、かんじんの彼女の自殺は思想云々《うんぬん》、敗北死どうこうで片づけられてしまった、というわけね」

と藍。

「そういうこと。アパートで首を吊ろうとした女性や不動産屋の事務員さんも、きっとここ最近なにかあったんだろうさ。さすがにそこまで他人《ひと》さまの事情に首は突っこめないんで、想像でしかないけども」

「待ってくださいってば」

森司がわめいた。

「じゃあなんで、おれが狙われるんです。おれ、男ですよ。それにしつれ――」

失恋なんてしてない、と言いかけて森司はぎくりと言葉を飲んだ。

いや、ほんとうにそうだろうか。

板垣果那のあの台詞。洩《も》れ聞いた、藍と部長とこよみの会話。

まだ恋に破れたわけじゃない、と思っているのはおれだけではないのか。表面上強がっているだけで、じつはおれの深層心理は氏家弓子に共感しているのではないか――。

そう思った瞬間、足首にざわり、となにかを感じた。

目線をさげる。

次の瞬間、体がすくむ。

そこには黒い芋虫が、もぞもぞ、うぞうぞと蠢《うごめ》いていた。見る間に数が増えていく。

足首が、脛《すね》が、真っ黒に染まっていく。

頭蓋《ずがい》の中で、声がした。

——死のうよ。

死のうよ。死のうよ死のうよ死のうよ死のうよ死のうよ死のうよ死のうよ死のうよ。

森司は悲鳴をあげた。

唐突な声に、部員たちが目をまるくする。

動いたのは泉水だけだった。

動けずに凍りつく森司の肩をひっつかみ、利き手で虫たちを払い落とす。叩《たた》き落とされた途端、虫はふっとかき消えた。しかしきりがなかった。あとからあとから、ざわざわ、うねうねと湧きでてくる。

その間も、頭の中のささやきはやまない。

しかも昨夜よりずっと大きな声だ。脳のひだに直接、響いて沁《し》みる。じわりと奇妙な疼《うず》きが広がる。

——死のうよ。ねえ、いっしょに死んじゃおう。

その誘いは甘かった。なぜかはわからないが、ひどく魅力的に思えた。頭がぼうっとする。視界に霧がかかり、狭まっていく。まわりの音が遠い。足もとがふらつく。立っていられない。いまにも倒れそうだ。

突然、森司は頰に熱い痛みを感じた。

体が大きく傾ぐ。背中が壁に打ちあたる。

思いきり頬を張られたのだ、と数秒して気づいた。顔の左半面がじんじんする。熱をもって腫《は》れていくのがわかる。殴ったのは、もちろん泉水だった。

森司はその場に膝《ひざ》をついた。

まだぼんやりする頭を動かし、自分の両足を見る。虫は消えていた。頭の中の声もやんでいる。だが耳鳴りのような余韻は、いまだかすかに残っていた。

啞然《あぜん》とふたりを見守っていた藍が駆け寄ってくる。

「ちょっと、なに。八神くんどうしたの」

「なにって――」

森司はふやけた声を出し、彼女を見あげた。

「虫が、あの、例の虫が来てたんです。――いまさっきまでいたけど、消えました」

視《み》えませんでしたか、と尋ねる彼に、藍はかぶりを振った。

「あたしは視えなかった。部長は？ こよみちゃんは？」

と背後のふたりを振りむく。

「ぼくも視えなかった」と部長。

「わたし、たぶんすこしわかりました」

硬い声でこよみが言った。

「はっきり視えたわけじゃありません。でも黒い靄《もや》のようなものが、先輩の足もとからじわじわ這《は》いあがっていったような……」

「へえ」

部長が目を見張った。

「うちの女性陣のことは素通りで、八神くんに一直線か。しかも藍くんには視えもしなかった、と。うーん」

「なにが言いたいの」

藍の問いに「いやべつに」と部長は首を振って、

「失恋の味を知らないというのはいいことだよ。ふたりとも美人だしね。うん、そりゃもてるからね、当然だ」なぜか後半は棒読み気味だった。

森司が床に座りこんだまま、

「れ、霊感のせいでしょうか」

と喘《あえ》ぐように言う。

「だから、おれのところにだけ——」

「いや」

泉水が言下に否定した。

「おまえ、惚《ほ》れられたな」

やけにきっぱりと言う。

う、と森司は息を飲んだ。こよみが目を見ひらく。眉根《まゆね》に深い皺《しわ》を刻んだ泉水が、森司をじろりと睨《にら》んで言った。

「おまえのことだから、どうせ古本屋のじいさんの話を聞いて『ひどい』、『かわいそう』だとか思ったんだろ。違うか？」

「思っちゃだめなんですか」

われながら情けない声が出た。

「昔から言うだろ。〝かわいそうだたぁ、惚れたってことよ〟ってやつだ。そのつもりがなくても、まわりや相手にそう勘違いさせやすいタイプなんだよ、おまえは」

「ああ、納得」

藍が吐息をついた。

「こう言ったら失礼だけど、八神くんってめんどうな人に付けこまれやすい子よね。やさしさや厚意があだになりがち、というか」

「そんな」

森司が愕然《がくぜん》とする。

部長がその顔を覗《のぞ》きこむようにして、

「八神くん。その〝虫〟は、昨夜と比べてどうだった？　たとえば数が増えてるとか、大きくなったとか、力が増してるような感じはあった？」

「あ、はい」

森司は首肯した。

「虫の数はもともと多かったんでよくわかりませんが……。でも頭の中の声は、確かに大きくなってたみたいです。あとはぼうっと気持ちよくなって、ちょっと気が遠くなりかけました。昨夜はそんな感覚なかったのに」

「そいつはまずいな」

部長がちいさく舌打ちした。

「こりゃ手をこまねいてると、どんどん力を強めていきそうだ」

かたわらの泉水を見あげ、うなずきあう。

「でも、やっぱり納得いきません。なんでおれが」

往生ぎわ悪く声をあげる森司に、

「ひょっとしたら八神くんみたいな子は、彼女がはじめて出会うタイプの男の子だったのかもしれないね。当時も気弱でやさしい男の子はいっぱいいたと思うんだけど、理想に燃えてばりばりやってた頃の彼女には目に入らなかったのかなあ」

と部長が嘆息した。

「原因なんてあとでいいじゃない。問題はどうやって彼女にあきらめさせるかよ」

「そうです。悠長なことをしていたら、先輩が」

藍とこよみが口ぐちに言った。

泉水も顔をしかめて、

「だな。このままじゃこいつ、牡丹灯籠《ぼたんどうろう》か耳なし芳一《ほういち》みたいになっちまうぞ。どうする本家、八神の体じゅうに経文でも書くか？」

「さすがに全身に写経は無理だなあ。……いや待って、そういえばあれがあった」

部長は膝を打つと、棚の抽斗《ひきだし》を探りはじめた。

取りだした茶封筒の中から、びらっと縦長の紙束を抜きだす。見たところ七、八枚はありそうだ。

「これ、御影札《おみえふだ》ね。泉水ちゃんの四国旅行のおみやげ。ねえ、ちゃんと御霊場からもらってきた品だって言ってたよね？」

部長が振りかえって問う。

泉水は眉をひそめた。

「さすがに八十八箇所まわったわけじゃねえし、効くかどうかわからんぞ。おまえが好きそうだから持ち帰ってきたってだけだ」

「だめもとは承知だよ。とにかく今夜一晩、なんとかしのぎきろう。とりあえずいまはこれ以上の対策を練るのは無理だ。いつまた〝虫〟が来るかわかったもんじゃない」

いまだしゃがみこんだままの森司に、そう言ってべたべたと御影札を貼っていく。あらかた森司の腹から下が覆われたところで、部長は藍とこよみを振りむいた。

「あ、ふたりはもう帰っていいよ。今日は朝まで泉水ちゃんとぼくとで、八神くんに付いてるから。今日は夜半過ぎから荒れるみたいだし、まだバスがあるうちに出たほうがいい」

「いえ、わたしも残ります」

「あたしもいるわ。こんな状態の八神くんを置いてって、そんな――」

藍の声が、途中でふっと遠くなるのを森司は感じた。

代わりにきぃん、と金属的な耳鳴りが鳴り響く。思わずくらりとした。座っているのに、立ちくらみに似た感覚があった。体が揺らぐ。ひとりでに傾いていく。

――死のうよ。

女の声がした。

耳鳴りがするのに、その声だけははっきり聞こえる。手足がこわばって動かない。唯一自由になる眼球だけを動かして、森司は己の脚を見た。

虫だ。

すでに両脚は、虫の群れにびっしり覆われていた。ひとつひとつに白い女の顔がある。赤い唇がめくれあがり、やけに黄ばんだ歯が覗く。

女の顔をした虫たちは、御影札を食いちぎりながら這いすすんでいた。

先頭の虫と目が合う。左右の目がたがい違いの方向を向いたその虫は、片目だけを森司に向けてにやりと笑った。その笑みに、なんともいえぬ媚《こ》びが滲《にじ》んでいた。

ぞわりと森司の全身が粟立《あわだ》った。

惚れられたな、と泉水の声が胸中によみがえる。

はたしてその台詞《せりふ》が正しいかどうかはわからない。だがその瞬間、森司は自分が「欲されて」いることをまざまざと感じた。同時に、強烈な嫌悪が背すじを駆けぬけた。理屈ではない。純粋に本能的な感覚だった。

——死のう。いっしょに行こう。ねえ死のうよ、死んじゃおうよ。

頭蓋《ずがい》の中で、女の声だけがひどく大きい。

森司はぼんやりと目をあけたままでいた。部長や藍が、自分を見てなにか騒いでいるのが見える。でもなにを言っているかがわからない。

視界にも頭にも、濃い霞《かすみ》がかかったようだ。世界が遠い。ただ這いのぼってくる虫の感触と、女のささやきだけがくっきりと鮮明だった。

こよみが駆け寄ってくるのがわかった。

——ああ、来ちゃだめだ。

朦朧《もうろう》と森司は思う。

来ちゃいけない、灘。あぶないよ。そう言いたい。だが、声が出ない。体に力が入らない。

こよみが森司の足もとにかがみこみ、手で虫を払い落としはじめた。

だが、払っても払っても虫は湧いてきた。果てがないようだ。まるで浮塵子《うんか》だ。

こよみの唇が動いている。だめ、と叫んでいるのがわかる。でもそのあとが読みとれない。

彼女はひどく怒っていた。こんなに怒ったこよみを見るのははじめてだ、と森司は思った。顔いろは血の気を失って真っ白だった。まなじりが切れあがっている。でも、きれいだ、と森司は場違いにも彼女に見とれた。激情をあらわにした彼女は、凄艶《せいえん》なほど美しかった。

いつの間にか、こよみは女と向きあっていた。

虫は消えて、ひとりの女がそこにいた。知らない女だ。こよみと正面から対峙《たいじ》している。

絹代《きぬよ》さんもいっしょだろうか、とぼんやり森司は思った。こよみを守っている、彼女の大叔母《おおおば》も来ているのか。

しかし違った。気配でわかる。そこに〝居る〟のは、灘こよみひとりきりだった。

こよみがなにか言う。女の顔がゆがみ、引き攣《つ》った。手が伸びる。鉤爪《かぎづめ》のように曲がった指が、こよみの肩をつかもうとする。

森司は怒鳴ろうとした。その子にさわるな、と言いたかった。だが声は、喉《のど》の奥で硬くひからびていた。

こよみは逃げなかった。ひるむ様子もなかった。女の手が伸びる。彼女に近づく。指がこよみに触れようとした――瞬間、ふっと女は体ごとかき消えた。

静寂が部屋に満ちる。

森司は、いまだ動けずにいた。

耳鳴りがひどい。こめかみが痛む。

だがまわりの音が、すこしずつよみがえりつつある。逆に視界がぼやけていく。藍がこよみに駆け寄るのが見えた。だいじょうぶ、と唇が動いている。こよみがうなずきかえす。

「視《み》えなかった……いったいなにが……どうし……」

わんわんと蜂の羽音のような耳鳴りの向こうで、部長の声が、ぶれながら大きくなったりちいさくなったりしている。

こよみが答える。

「去年の春、幽霊ビルの……寺岡《てらおか》さんのおばあさん……〝陰は陽にはかなわない〟って……あのひと、先輩を……だから……」

すう、と森司の気が遠くなる。まぶたが勝手におりていく。

だめだ、もう意識をたもっていられない。体が鉛のように重い。疲労と倦怠《けんたい》が、べっとり体を覆っている。

意識を手ばなす最後の刹那《せつな》、こよみの声がやけにはっきりと聞こえた。

「――同じ想いなら、陰と陽をぶつければ、陽が勝つと思ったんです」

森司の記憶はそこでぶつりと途絶えている。

目の前が薄黒くなり、それきり彼の世界は暗転した。

エピローグ

HAUNTED CAMPUS

限りなく白に近い灰白色の冬空がどこまでもひろがっている。その空をすこしずつ削りとったかのように、はらはらと薄く白いものが舞い落ちる。

あのあと部長は森司の体に唯一残った御影札をつまんで、

「破れなかったのはこれだけだね」

としみじみ言ったそうだ。

「ツイッターによると、就職組の桑山くんはまだ四国にいるらしい。彼の泊まってる宿にこれを郵送して、帰りにでもこの御霊場に奉納してもらうとしようよ」

「もう退散したんだろ。そこまでする必要あるか？」

泉水はそう言ったが、

「そりゃあるさ。だって彼女はあらたな失恋をしたばかりなんだよ。これ以上自暴自棄になられたらどうするの」

「そうよ、泉水ちゃんは女心がわかってない」

と部長と藍に集中砲火を食らったらしい。

とはいえこれはすべて、森司がのちに聞かされた話だ。そのとき彼はあえなく失神しており、その後まる一昼夜目覚めなかったのである。

なにはともあれ、連続自殺騒動はおさまった。

後期末試験も無事に終わった。

由貴乃はすべりこみで体調を回復させ、杉本真琴とともにしっかり試験を受けたという。地域社会文化論のレポートはさすがにテーマを変えざるを得なかったようだが、もうひとりの友人である夏実が先輩の間をわたり歩き、なんとか体裁をととのえて提出したとのことだった。

が、まるきり問題なしというわけにもいかなかった。

森司の体に這《は》う虫を払ったとき、勢いあまってこよみは手首を痛めたらしい。さいわいレポートはすでに提出済みで、筆記試験は添え木と包帯で固定してなんとか受けた。しかしさすがに補講まではしんどいだろうと、

「おれ、代わりに出席してノートとっとくよ」

と森司は申し出た。

こよみの手首から手の甲までを覆う白い包帯はなんとも痛いたしく、

「すみません。今年はバレンタインのチョコレートは作れそうにないです」

と済まなそうにする彼女に、藍が「いいのいいの。治るまで、鍋《なべ》なんかぜったい持っ

たり振ったりしちゃだめよ」と重々言いわたしていた。

そうして十四日の午後、森司は補講のノートを渡すという名目で、こよみと会う約束を取りつけていた。

ちょうど廊下で出くわしたこよみに、

「これ、おれん家の鍵《かぎ》。アパートの場所わかるよな？　さきに入って待ってて」

とキイを差しだす。

こよみが目をしばたたいた。

「いいんですか。勝手に入って」

そう言われてはじめて、「あ、ちょっと馴れなれしすぎたかな」と思う。しかし今日はあえて、その言葉はぐっと飲みこむことにした。

「外で待ってんの寒いだろ。おれもすぐ行くから、じゃあ」

まだなにか言いたげなこよみを置いて、森司は小走りに学生課へと向かった。提出書類になにやら不備があったとかで、休みあけでは間にあわないからだめだと言われたのだ。

顔なじみの職員を通して手つづきを終え、大学の正門を出る頃には、雪は勢いを増していた。秋まではさまざまな色を見せていた通りの家々が、いまは屋根も壁も白一色に染まっている。

アパートに着くと、こよみは所在なげに三和土《たたき》に立って待っていた。

「あがってててよかったのに」

「いえ、さすがにそれは」

きっぱりとこよみが手を振る。

まずさきに森司がワークブーツを脱ぎ、上《あ》がり框《かまち》から彼女を手まねいた。「おじゃまします」と頭をさげ、こよみもあがりこむ。

ストーブに点火しながら、

「そういや小山内がさっき、チョコ持った女の子たちに追いかけられてんの見たよ」

と森司は言った。

ほうぼう逃げまわっていたようだが、彼としては「それならバレンタイン当日に、こっちのキャンパスに来るなよ」と言いたかった。

医歯学部のキャンパスはこちらよりぐっと女子学生がすくない。それをバレンタインにわざわざ遠征してくるということは、チョコレート目当てと思われても文句は言えまい。いや実際、小山内はこよみのチョコ欲しさに遠路はるばる出向いて来たはずだ。

しかし残念、と森司はこよみの手首の包帯をちらりと見やった。

おれももらえないが、小山内だってもらえなかったのだ。ということは、まだまだ立場は対等だ。

そう思うこと自体が欺瞞《ぎまん》のような気もしないでもない。だがあの様子では、小山内は今日こよみに会えていないだろう。その事実は、ひとまず森司の気持ちを鎮めるにはじゆうぶんであった。

そんな彼の思いも知らず、

「小山内くんって、もてるんですね」

ごく平板な口調でこよみが言った。

森司はすこし驚いて、

「いや、そりゃもてるだろ。だってあいつ歯学部だし、背も高いし、アイドルみたいな顔してるじゃん。さすがはミスター雪大だよ」

「アイドル、ですか」

こよみが眉根《まゆね》を寄せて考えこむ。

「そう思わない？」

「思わないというか……。子供の頃から知ってるせいか、わたし、〝優等生の小山内くん〟のイメージのほうが強いんですよね。小山内くんと言えば学級委員とか、部活のキャプテンとか、そういう印象がまず頭に思い浮かんで」

われ知らず森司の口から、

「え、じゃあ『かっこよくてさわやかで、白い歯の王子様みたいな人』ってのは？」

と、ぽろりと問いがこぼれ落ちた。

一拍、間があく。

なぜかこよみの頬が、目の前でみるみる色を失っていった。

「――なぜ先輩が、それを知ってるんです」

予想外の反応だった。

これはまずかったか、と森司は内心うろたえながら、

「あ、ええと、こないだ板垣から聞いて」

と小声で答えた。

途端に、ぱっと弾《はじ》かれたようにこよみがまわれ右をした。あっけにとられる森司に、硬くこわばった声で彼女は言う。

「それは、あの――違うんです」

「え？」

「そんな人と、もしおつきあいできたらいいな、と思ったんです。それだけです」

むろん、顔は壁のほうを向いたままだ。

だが挙動不審なこよみとは逆に、森司は内心で大きく安堵《あんど》した。

なんだ、そうかと思う。なんだ、理想の話か。べつに小山内や誰かを名指ししたわけじゃなかったんだ。それならよかった。ほんとうによかった。

「理想の彼氏像なんだ」

浮きたつ声音を抑えて、そう訊《き》いてみる。間髪を容《い》れず、

「そうです、理想です。あくまで希望です」

とこよみがすさまじい早口で答えた。

なぜか彼女は壁に貼りついたきり微動だにしない。しばし森司は待ったが、いつまで経ってもこよみが動こうとしないので、

「あの……灘。なんでずっとそっち向いてるの？」

おそるおそる訊いた。こよみが答える。

「それは、その、いまわたし、すごくへんな顔をしているので」

「え？　いやそんな、まさか」

彼女のへんな顔だなんて、とうてい想像できない。面食らう森司に、背を向けたままこよみはぴしっと片手をあげた。

「すみません。顔が戻るまで、一分ほどお待ちください」

「ああ、うん」

へどもどと森司はうなずいた。どうやらここは、彼女の言うとおりにするしかなさそうだ。だってほかに対処法がわからない。

素直に森司は彼女をそっとしておくことにし、その間にお茶を淹《い》れ、補講のノートとリボンシールつきの紙袋を用意した。

宣言どおり一分強で、

「お待たせしました」

と生真面目にこよみが振りかえる。

その面は、まったくもっていつもの灘こよみだった。人形のように端整な造作が凛《りん》と

引きしまっている。へんな顔ってどんな顔だったんだろう、と思いつつ、

「これ、ノート」

と森司はルーズリーフを手渡した。

「ありがとうございます」

「あとついでに、これも」

ルーズリーフの上に、リボンシールの紙袋をちょんと置いた。

こよみが怪訝《けげん》な顔をする。森司はすこし目線をそらして、

「……バレンタイン売り場に『男からあげる逆チョコもあり』って書いてあったからさ。あの、助けてもらったし、そのお礼も兼ねて」

後半は言いわけだ。ほんとうは「どうせもらえないなら、いいや、こっちからあげちまえ」と思って買ったのだ。

こよみはじっとピンクの紙袋を見つめ、やがて顔をあげてふわっと笑った。

音なき轟音《ごうおん》とともに、森司の心臓が射貫《いぬ》かれる。

ああだめだ、と思った。おれは彼女のこの顔に弱い。心の底から弱い。そして部屋にふたりきりだというのに、この状態になるのは非常にまずい。

「あけていいですか」

「あー……いや、たいしたもんじゃないから、あとであけて」

森司は手を振った。

わかりました、とこよみがうなずき、かばんに紙包みをしまってから「あ、そうだ」と目を見ひらく。

「すみません、忘れてました。先輩、鍵《かぎ》おかえしします」

「ああいいよ、持ってて」

ふたたび目線を上方にそらし、森司は言った。

「それ、合鍵だから。あの、もし灘が来たくなったら、いつでも来て。来たくなかったら、それはそれでいいしさ」

われながら、なにを言っているのかと思う。

だがいまこの雰囲気は、オッケーな気がする。なんの根拠もないが、いやだと突きかえされないだろう空気を感じる。それにここ最近、おれはやたら鍵と縁があった。あれはきっとなにかの啓示だ。そうに違いない。いや無理にでも、いまそう決めた。

「キイケースの中が寂しいって言ってたからさ。あの、にぎやかしにでも入れといて」

しどろもどろに、そう付けくわえた。

こよみがまたくるりと壁のほうを向く。代わりに森司は天井を仰いだ。首から上が、どうしようもなく熱かった。

おのおの正座で、壁と天井を見つめることたっぷり一分。

やがて、もとのきりっとした顔でこよみが振りむいた。

「すみませんでした。なんとか顔が、復活しました」

「そ、それはよかった」

なぜかお互い、よかったよかった、と正座のまま頭をさげあう。森司は火照った額の汗をぬぐって、

「あの、よかったら、その――時間あったらだけど、いっしょに映画観ない？　部長から借りたＤＶＤがあるんだ」

と言った。

あれは確か、二日ほど前のことだ。

「これ、バレンタインにでもふたりで観なよ。映画としての出来はちょい微妙だけど、ヒロインに献身的に尽くすキャラクターが出てくる純愛の物語だよ。ヒロインも日本人好みのルックスでかわいいしね」

と黒沼部長が貸してくれた、というか、なかば押しつけてきた品だった。パッケージがなくタイトルすらわからないのがいささか不安だが、「純愛もの」という言葉を信じて森司はＤＶＤをプレイヤーにセットした。

映画が再生される。数秒おいて、メニュー画面が表示される。

あらわれたタイトルは『デイ・オブ・ザ・デッド』だった。

どこからどう見ても、まごうことなきゾンビ映画だ。思わず固まる森司の横で、こよみが抑揚なく言った。

「ああ、この映画、伍長《ごちょう》役のヒロインがかわいいんですよね。部下の新兵バドが途中で

ゾンビになっちゃうんですけど、彼女に対する忠誠心を失わない、ベジタリアンのゾンビなんです」

「へー、そうなんだ」

棒読みで森司は答えた。

次いで、横目で玄関をうかがう。さっきからどうもあの向こうが気になってしょうがないのだ。まさかとは思う。思うが、万が一ということがある。

「ごめん。ちょっと待ってて」

と森司は立ちあがり、三和土におりて玄関のドアをひいた。

途端に「やっぱりな」と肩を落とす。ドアの外には、オカ研の先輩三人衆が固まってしゃがみこんでいた。部長にいたってはドアに耳をくっつけていたらしく、バランスを崩して前のめりにこけている。

「いやあ、ごめんね八神くん。つい気になっちゃって」

起きあがりつつ、へらへらと部長が笑った。

「おれはいちおう止めたぞ」

あいかわらずの渋面で泉水が言う。そのふたりの間を割るようにしてあらわれた藍が、森司の腕をつかんで玄関の隅へと押しつける。

「ちょっと、八神くん」

小声で言い、藍は森司をかるく肘《ひじ》で突いた。

「いきなり合鍵って、それどうなの？　まったく、恋愛に免疫のない子ってどうしてこう、突拍子もないことを一足飛びにやらかすのかしらね」

「やっぱりまずかったですか」

森司が青ざめる。

「……まあ、ふつうなら教育的指導が入るとこだけど」

藍は吐息をついて、室内をちらりと見やった。

「今回は、もらった当人が喜んでるみたいだからいいんじゃない」

視線の先にはこよみがいた。

自然と、森司とこよみの目が合う。こよみがふっと目を細めた。森司の心臓がふたたび、どくんと跳ねあがる。

外界はまた雪と風が強くなってきたようだ。

「あー寒い寒い」と言いながら部長がさっさと部屋にあがりこむ。泉水もそれにならい、部屋の人口密度がぐっとあがる。

藍が「結局こうなっちゃうのね」と苦笑した。

彼ら部員を全員おさめて、アパートのドアがぱたり、と満足したように閉まった。

引用・参考文献

『世界不思議百科』　コリン・ウィルソン　ダモン・ウィルソン　関口篤訳　青土社
『世界の謎と不思議百科』　ジョン&アン・スペンサー　金子浩訳　扶桑社ノンフィクション文庫
『「モナ・リザ」ミステリー　名画の謎を追う』　北川健次　新潮社
『文鳥・夢十夜・永日小品』　夏目漱石　角川文庫
『憑霊信仰論』　小松和彦　講談社学術文庫
『怪談・奇談』　ラフカディオ・ハーン　田代三千稔訳　角川文庫
『都市伝説と犯罪　～津山三十人殺しから秋葉原通り魔事件まで～』　朝倉喬司　現代書館
『「彼女たち」の連合赤軍―サブカルチャーと戦後民主主義』　大塚英志　文藝春秋
『ぼくたちの近代史』　橋本治　河出文庫
『1968〈下〉叛乱の終焉とその遺産』　小熊英二　新曜社

本書は書き下ろしです。
この作品はフィクションです。実在の人物、団体等とは一切関係ありません。

ホーンテッド・キャンパス　なくせない鍵《かぎ》
櫛《くし》木《き》理《り》宇《う》

角川ホラー文庫　H く 5-7　19039

平成27年 2 月25日　初版発行

発行者――堀内大示
発行所――株式会社KADOKAWA
東京都千代田区富士見2-13-3
電話(03)3238-8521(営業)
〒102-8177
http://www.kadokawa.co.jp/
編　集――角川書店
東京都千代田区富士見1-8-19
電話(03)3238-8555(編集部)
〒102-8078
印刷所――旭印刷　製本所――BBC
装幀者――田島照久

落丁・乱丁本は、送料小社負担にて、お取り替えいたします。KADOKAWA読者係までご連絡ください。(古書店で購入したものについては、お取り替えできません)
電話 049-259-1100(9:00～17:00/土日、祝日、年末年始を除く)
〒354-0041　埼玉県入間郡三芳町藤久保550-1

　定価はカバーに明記してあります。

ISBN978-4-04-102724-0 C0193

角川文庫発刊に際して

角　川　源　義

第二次世界大戦の敗北は、軍事力の敗北であった以上に、私たちの若い文化力の敗退であった。私たちの文化が戦争に対して如何に無力であり、単なるあだ花に過ぎなかったかを、私たちは身を以て体験し痛感した。西洋近代文化の摂取にとって、明治以後八十年の歳月は決して短かすぎたとは言えない。にもかかわらず、近代文化の伝統を確立し、自由な批判と柔軟な良識に富む文化層として自らを形成することに私たちは失敗して来た。そしてこれは、各層への文化の普及滲透を任務とする出版人の責任でもあった。

一九四五年以来、私たちは再び振出しに戻り、第一歩から踏み出すことを余儀なくされた。これは大きな不幸ではあるが、反面、これまでの混沌・未熟・歪曲の中にあった我が国の文化に秩序と確たる基礎を齎らすためには絶好の機会でもある。角川書店は、このような祖国の文化的危機にあたり、微力をも顧みず再建の礎石たるべき抱負と決意とをもって出発したが、ここに創立以来の念願を果すべく角川文庫を発刊する。これまで刊行されたあらゆる全集叢書文庫類の長所と短所とを検討し、古今東西の不朽の典籍を、良心的編集のもとに、廉価に、そして書架にふさわしい美本として、多くのひとびとに提供しようとする。しかし私たちは徒らに百科全書的な知識のジレッタントを作ることを目的とせず、あくまで祖国の文化に秩序と再建への道を示し、この文庫を角川書店の栄ある事業として、今後永久に継続発展せしめ、学芸と教養との殿堂として大成せんことを期したい。多くの読書子の愛情ある忠言と支持とによって、この希望と抱負とを完遂せしめられんことを願う。

一九四九年五月三日